"오늘 커피 한 잔 어때요"

오늘 커피 한잔 어때요

1판 1쇄 인쇄 2015년 11월 10일
1판 1쇄 발행 2015년 11월 17일

지은이 장진기
펴낸이 임종관
펴낸곳 미래북
편   집 정광희
본문디자인 서진원
등록 제 302-2003-000326호
주소 서울시 용산구 효창동 5-421호
마케팅 경기도 고양시 덕양구 화정동 965번지 한화 오벨리스크 1901호
전화 02)738-1227(대) | 팩스 02)738-1228
이메일 miraebook@hotmail.com

ISBN 978-89-92289-76-4   03810

"오늘 커피 한 잔 어때요"

일상이 특별해지는 커피한잔과 당신을 위한 이야기

장진기 지음

미래북
miraebook

악마같이 검지만
천사처럼 순수하고
지옥같이 뜨겁지만
키스처럼 달콤하다
- 탈레랑

연인과 동네 카페에서 이야기를 나누고 있었습니다. 얼굴을 마주 보며 손도 잡고 말이죠. 커피를 한 모금 마신 그녀는 무언가 궁금해진 듯 고개를 갸우뚱하더니 제게 물었습니다.

"자기는 커피를 왜 마시는 거야?"

"응? 글쎄….'

지금껏 받아보지 못한 갑작스러운 질문에 바로 대답을 하지 못했습니다. 곰곰이 생각해보는데도 마시는 이유를 잘 모르겠더군요. 20여 년간 매일 마시고 있었는데 말이죠. '그냥 마시는 건데 이유가 있나?' 라며 대수롭지 않게 넘겼습니다. 그때는 그랬습니다. 시간이 흘러 가슴 속에 품고 있던 인터넷 회사를 만드는 꿈에 도전했습니다. 국민음료라 불리는 커피의 수조 원 시장 규모를 바탕으로 정보 공유 웹사이트를 개발한 겁니다. 모아둔 자금으로 과감하게 설립하고 운영했지만 결과는 기대에 미치지 못했습니다. 자식 같은 홈페이지가 서서히 빛을 잃어가는 모습을 보자니 가슴이 미어졌습니다. 무척이나 살리고 싶었지만 그럴수록 사람들이 무엇을 원하는지에 대한 근본적인 고민은 깊어져만 갔습니다. 순간 조금씩 보이기 시작했습니다. 커피를 즐기는 사람들이요. 그들의 시간과 공간이요. 일상 속으로 스며든 커피 문화가 보였지요.

만나는 사람들에게 양해를 구하고 커피를 무엇 때문에 마시냐는 질문을 해봤습니다. 그들은 잠시 생각에 잠겼지만 행복한 고민을 하는 것처럼 보였습니다. 그러고는 커피를 마시는 이유에 대해 다양한 대답을 해주었습니다.

"생각하고 싶은 게 있을 때 마셔요."

"잠시 혼자 쉴 수 있잖아요."

"커피를 마시고 있으면 마음의 여유가 생겨 기분이 좋아져요."

"졸리니까 깨려고 마시죠. 기력도 좀 딸린다 싶으면 마시고요. 맛도 있고…."

"카페에서 책 보려고 마셔요."

연인이 던졌던 질문에 대한 대답을 퍼즐처럼 찾아가면서 커피를 즐기는 일상에 대한 이야기를 발견한 것입니다. 평범하지만 소중한 삶의 가치들을 커피를 통해 다시금 일깨울 수 있다는 생각이 들었습니다. '유레카!' 고민하고 또 고민하면서 커피를 활용해 얻을 수 있는 삶의 20가지 가치들을 뽑았습니다.

'시간, 생각, 시작, 여유, 휴식, 각성, 글쓰기, 독서, 음악, 여행, 즐거움, 공부, 연구실, 균형, 선물, 친구, 소통, 공감, 사랑, 도구.'

커피를 마시는 여유 하나로 내 삶 속에 흩어져 있던 가치들을 모두 모아 만날 수 있게 된 것입니다. 행복한 삶과 밀접하게 연결되어 있는 20개의 주제들이 이 책의 주인공입니다. 커피가 이곳에서 하는 역할은 의미 있는 가치들과의 만남을 주선한 후 자기 자신을 삶에 활용하라는 말로 끝인사를 하는 것입니다. 20개의 가치가 주연이라면 커피는 조연입니다. 커피와는 조금 먼 이야기라도 각 주제의 본질적인 내용 이해를 위해 일상 속의 사례와 여러 이야기들을 담았습니다. 커피의 역사나 원산지 그리고 맛을 표현하는 전문용어들엔 큰 관심이 없지만 커피 마시는 시간만큼은 늘 즐기는 연인을 위해 썼습니다. 맛있는 커피를 추출하는 방법과 기구 활용법에 관한 이야기는 아닙니다. 커피를 많이 마시자는 이야기도 아닙니다.

커피를 통해 내 꿈과 사랑을 찾아가자는 이야기들의 모음입니다. 그것은 나를 사랑하는 일입니다. 행복해지는 일이고요. 내가 행복해야 주변 사람들도 행복해지잖아요. 커피를 도구처럼 활용해 자신이 가진 가능성을 지속해 나아가는 데 작은 도움이 되었으면 좋겠습니다. 하지만 커피는 발견된 이래로 늘 찬반의 중심에 있었습니다. 지난 수십 년간 과학적으로 분석이 되었어도 말이죠. 100세까지 살았던 프랑스 사상가인 베르나르 퐁트넬은 커피가 잠재적인 독이라는 주장에 대해 다음과 같이 말했습니다.

"커피는 정말이지 잠재적인 독임에 틀림없다. 85년간 커피를 마셨지만 여태껏 죽지 않는 걸 보면."

현대 사회에서 커피처럼 매력적인 각성제가 발견되지 않는 한 커피를 즐기는 사람들은 앞으로도 계속 늘어날 것입니다. 그렇기에 생활 속 필수품처럼 스며든 커피를 우리들의 행복을 위해 현명하게 활용하고 적극적으로 써먹자는 방향을 제시하고자 합니다. 그리고 주변에 항상 있어왔기에 소원해진 소중한 시간들을 다시금 만나보는 기회도 함께 가졌으면 좋겠습니다. 커피 한잔 마시면서 편안하게 볼 수 있는 책이 되길 바라면서요.

끝으로 이 책을 한 문장으로 표현하기 위해 윌리엄 A. 프라이스의 커피 송시 'An Ode to coffee'에 실린 말을 인용해야겠습니다.

"이용하라, 이 삶에 주어진 훌륭한 것을. 단 남용하진 말지어다."

커피를 마시는 짧은 시간 동안 여러분들의 삶에 행복을 가져올 놀라운 일들이 일어날 것입니다. 커피 한잔이 준비되었다면 함께 떠나볼까요?

CONTENTS

CHAPTER

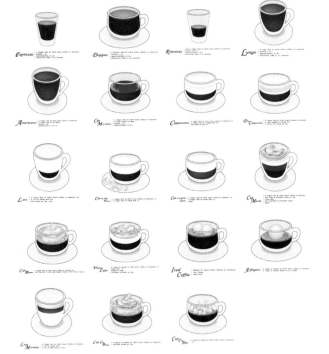

CHAPTER

시간

TIME

시간의 소중함을 깨닫는 순간, 시간은 단순히
흘려보내고 때우는 존재가 아닙니다.
왜냐하면 시간이란 생명 그 자체이기 때문입니다.

Time 1

시간의 소중함
빈센트 반 고흐

"푸른 밤, 카페 테라스의 커다란 가스등이 불을 밝히고 있다. 그 옆으로 별이 반짝이는 파란 하늘이 보인다."

강렬한 색채로 자신의 생명과 영혼을 바쳐 그림을 그렸던 빈센트 반 고흐가 〈밤의 카페 테라스〉의 모델이 될 프랑스 아를의 한 카페를 보면서 한 말입니다. 그렸던 작품들이 사후에 유명해졌기에 누군가는 불운한 삶을 살았다고도 합니다. 하지만 그는 누구보다도 자신의 삶을 소중히 여겼고 치열하게 살았습니다. 책도 많이 읽었고요. 자신을 꾸준히 돌아보며 앞으로 할 일들을 게을리하지 않았고, 무엇보다도 표현하고 싶은 것이 참 많았던 꿈을 꾸는 화가였습니다. 계속 그림을 그리려면 아침과 저녁에 커피가 필요하다던 반 고흐였습니다. 형편이 허락한다면 야식으로 한 잔의 커피를 더 마시고 싶다고도 말하고요. 이것만으로도 그림을 그리기에 충분하다면서 작업을 멈추지 않았습니다. 기회가 될수록 더 많이 그리고 싶어 했습니다. 그릴 때마다 엄청난 고뇌와 체력을 소모하는 일 때문에 서른이 넘은 고흐는 건강 상태가 좋지 않음을 느낍니다. 그러곤 그의 단짝인 친동생 테오에게 편지를 보냅니다. "앞으로 얼마나 작업을 계속할 수 있을지 생각해 보면, 많은 문제가 있긴 해도 내 몸이 아직 6년에서 10년 정도는 더 버틸 수 있을 것 같다."고 말합니다. 이후로도 고흐는 영혼을 바치듯 몸을 사리지 않고 계속 그림을 그렸습니다. 그릴수록 생명을 갉아먹듯이 건강은 점점 나빠져만 갔지요. 고흐는 직감적으로 자신에게 삶의 시간이 얼마 남지 않았다는 것을 느끼게 됩니다. 그리고 끝이 있다는 것을 알았습니다. 이어서 테오에게 말합니다. "나는 이 세상에 빚과 의무를 지고 있다. 나는 30년간이나 이 땅 위를 걸어오지 않았나! 여기에 보답하기 위해서라도 그림의 형식을 빌려 어떤 기억을 남기고 싶다. 이런저런 유파에 속하기 위해서가 아니라 인간의 감정을 진정으로 표현하는 그림을 남기고 싶다. 그것이 나의 목표다. 이런 생각에 집중하면 해야 할 일이 분명해져서, 더 이상 혼란스러울 게 없다. 요즘은 작업이 아주 느리게 진행되고 있으니, 더욱더 시간을 낭비하지 말아야겠다."

시간은 정해져 있고 그 시간을 쓸 수 있는 양이 한정되어 있다는 것을 안 것입니다. 그리고 결정을 내립니다. 자신의 열정을 따라 살아가기로 말이죠. 반 고흐는 자신에게 남은 시간 동안 할 수 있는 거의 모든 작업을 해나가기 시작합니다. 시간의 소중함을 깨닫는 순간 시간은 단순히 흘려보내고 때우는 존재가 아니게 됩니다. 왜냐하면 시간이란 생명 그 자체이기 때문입니다.

내 삶의 주인이 된다는 것

　시간이 생명이라고 말한 이유가 있습니다. 익숙한 단어인 '시간'의 정체를 알아볼까요? 시간을 한자로 풀어보면 때 시時, 사이 간間을 씁니다. 사람에게는 중요한 때가 두 번 있지요. 혹시 감이 오시나요? 바로 태어날 때와 죽을 때입니다. 그 사이를 '간'이라고 하지요. 시간이라는 뜻은 태어날 때와 죽을 때까지의 생명 그 자체를 말하는 것입니다. 인문 고전 중용에서는 시간이라는 단어 대신 '시중時中'이라는 말을 쓰는데요. 무슨 뜻이냐 하면 '사람이란 항상 시간의 가운데에 서서 끝을 향해 나아가는 존재'라는 표현입니다. 시간 속에 산다고도 하고요. 시간이 곧 생명이자 삶입니다. 그렇기 때문에 내 삶의 주인이 된다는 말을 달리 표현해보자면 나의 시간을 쓰는 주체가 나 자신이 된다는 것을 뜻합니다. 말 그대로 내 시간을 자유롭게 쓰는 주인이 되는 것이지요. 인간은 스스로의 삶을 만들어간다는 프랑스

실존주의 철학자 장 폴 사르트르의 말처럼요.

사르트르는 프랑스의 카페 드 플로르에서 커피를 마시며 자신의 사상과 철학을 정리하고, 사랑하는 부인 시몬 드 보부아르와 함께 시간을 보내고, 동료들과 토론하면서 자신만의 시간을 즐겼습니다. 그 공간에서 나만의 시간을 자유로이 쓸 수 있었기 때문입니다. 사르트르는 카페 이층에서 그의 철학을 잘 살펴볼 수 있는 《존재와 무》를 완성합니다. 그는 《존재와 무》에서 인간은 자신의 자유로운 선택에 따라 스스로의 가능성과 미래를 만들어가는 존재라고 말합니다. 인간은 자신의 삶을 주체적으로 결정하고 나아간다고 말이지요. 그것은 내게 주어진 시간을 어떻게 보내고 쓰느냐의 선택을 통해 이루어지는 일들입니다.

"인생은 B^{Birth}탄생과 D^{Death}죽음 사이의 C^{Choice}선택이다." 어디선가 들어보셨지요? 아마 2009년 무한도전 인생극장 편에서 유재석 씨가 사르트르의 명언을 인용하면서 널리 알려진 것 같습니다. 명언의 출처를 찾지는 못했습니다만, 이 구절에서 자신의 시간을 선택해 스스로의 삶을 만들어간다는 것엔 변함이 없어 보입니다. 매 순간 자신의 삶을 살려고 했던 사르트르는 노벨 문학상도 거절하지요. 사르트르는 살아생전에 날카로운 지성과

사회의 따뜻한 관심으로 사람들에게 많은 사랑을 받았습니다. 그리고 사후 그의 장례식을 치르는 도로엔 발 디딜 틈도 없이 오만 명의 추모객들이 몰려 죽음을 슬퍼했습니다. 사르트르를 다시금 느껴보고 싶은 세계의 지성들과 사람들은 카페 드 플로르를 방문합니다. 카페 메뉴판 첫 장엔 '자유를 위한 길에서 만납시다Les chemins de la liberte'라는 장 폴 사르트르가 쓴 문장이 적혀 있었습니다. 사람들이 제일 먼저 방문해서 보게 되는 메뉴 첫 장에 사르트르의 말을 전해주는 이유는 개개인이 커피를 통한 자유의 시간을 많이 만들어갔으면 하는 바람 아니었을까요? 사르트르는 이렇게 말했다지요. "카페 드 플로르로 가는 길은 자유에 이르는 길"이라고 말이지요.

Time 3

현대사회의 시간 창조자

　장 폴 사르트르처럼 자유를 위한 시간을 만들어 볼까요? 그전에 질문을 하나 드려야겠습니다. 혹시 하루 일과 중에서 오로지 나를 위한 시간을 얼마큼 보내고 계신가요? 깨어나서 움직이고 활동하는 시간들은 모두 나의 시간이지만 그중에서도 나만을 위해 보내는 시간이요. 저는 커피 마시는 시간이 나를 위해 보내는 시간 중에 하나라고 생각합니다. 왜냐하면 커피를 마신다는 것은 기꺼이 내 몸을 움직여 자신에게 만족을 주는 나를 위한 시간이기 때문이지요. 여기서 눈여겨봐야 할 점은 커피를 마시는 행동을 통해 나만의 시간을 확보할 수 있다는 사실입니다. 바쁘게 돌아가는 하루 중에 나만의 시간을 만들어 내고 사용할 수 있도록 커피가 도와주는 것입니다. 그러면 '하루에 커피를 얼마나 마신다고 이렇게 거창하게 생각할 필요가 있냐'고 물을 수 있겠습니다. 몇 시간 동안 열심히 일하거나 공부하

고 나서 신선한 바람과 함께 종이컵에 든 커피 한잔을 마실 때의 기분은 어떠셨나요? 말로 표현하기 힘들지만 좋잖아요. 짧은 몇 분이지만 무엇과도 바꾸기 싫은 기분 좋아지는 나만의 시간. 세상을 바꿀 수 있는 아이디어도, 무언가를 새롭게 시작할 용기를 갖는 시간도, 스스로 다독여 주는 시간도 커피 한 모금의 짧은 시간에 일어날 수 있습니다. 돈으로도 살 수 없는 이런 시간들은 커피라는 존재를 통해 짧게는 몇 초에서 길게는 몇 시간을 창조해낼 수 있습니다. 커피를 마시는 시간에 할 수 있는 일들을 돌아보니 생각보다 참 많았습니다.

여유를 즐기고,
휴식을 취하고,
친구를 만나고,
책을 읽고,
음악을 듣고,
일기를 쓰고,
편지를 쓰고,
공부를 하고,
연인과 이야기도 나누고,
산책도 하고,
꿈에 대해 생각하고,
하루 계획도 세우고,
일도 하고,
멍 때리고,
복잡한 마음 정리도 해보고,
왜 그 사람이 내게 상처를 주나 생각도 해보고,
지나가는 사람 구경도 할 수 있지요.

이 모든 것들이 누구를 위한 시간일까요? 다른 누구도 아닌 바로 나를 위한 시간입니다. 이 모든 것들은 자신을 사랑하는 시간입니다. 자신을 사랑한다는 말은 나의 시간을 내게 쓰는 것을 말하는 것이잖아요. 너무나 평범했기에 소중함을 잊고 지냈던 나의 시간들을 나의 것으로 쓸 때가 왔습니다. 자신을 사랑하는 시간을 찾을 때가 된 것이지요. 그것은 커피 한잔 마시는 짧은 시간에 일어날 것입니다. 그렇다고 커피를 못 마시면 어떻습니까? 커피가 삶 속에 워낙 강력히 들어와 있기에 활용하자는 것이지 커피만을 마시자고 하는 이야기는 아닙니다. 나의 시간을 확보하고 나를 사랑하기 위한 시간을 따로 떼어 창조하자는 말입니다. 그러기에는 문화가 되어 삶 속에 스며든 커피가 가장 좋은 도구가 될 수 있다는 이야기입니다. 커피를 마시는 시간은 나를 사랑하는 시간이자 나를 위한 시간이 될 것입니다. 커피는 바쁘게 돌아가는 현대사회에서의 시간 창조자이니까요.

Time 4

시간의 맨 얼굴 마주하기

끝으로 시간의 중요한 특성에 대한 이야기를 하나 살펴보고 마무리하고자 합니다. 기원전 4세기경 그리스의 조각가 리시포스는 그의 정원 앞에 조각상을 하나 만들고 있었습니다. 완성될 즈음 사람들은 그 우스꽝스러운 조각상의 모습에 웃음을 터뜨렸습니다. 왜냐하면 앞머리엔 숱이 많고 뒤에는 윤이 나는 대머리였기 때문입니다. 사람들은 그 모습에 웃음을 짓다가 조각상 밑에 새겨진 구절을 읽고는 얼굴이 굳어진 채 웃음기는 온데간데없이 사라져 버렸습니다. 그 구절엔 무엇이 쓰여 있었기에 사람들의 표정이 바뀌었을까요?

사람들이 본 것은 바로 시간의 신 카이로스 조각상이었습니다. 더 이상 이 조각상은 우스워 보이지가 않습니다. 사람들의 표정이 일그러졌다는 것은 무언가를 느꼈다는 것인데 생각해보니 시간의 소중함을 깨달았나 봅니다. 경영학의 구루 피터 드러커 박사는 '시간은 독특한 자원'이라고 말합니다. 시간은 그 누구든 더 많이 소유해 보관할 수도 없고 사거나 어디 가서 빌릴 수가 없습니다. 게다가 흘러간 시간은 되돌아오지 않고 철저히 소멸되면서 저장도 불가능합니다. 다른 자원들은 한계가 있긴 해도 어느 정도 대체할 수 있는 자원이 있는데 시간만큼은 방법이 없다고 말이죠.

당신은 누구인가?
모든 것을 지배하는 시간이다.
왜 당신은 발끝으로 서 있나?
나는 늘 달리기 때문이지.
발에는 왜 날개가 달렸나?
바람과 함께 날아다니기도 하지.
왜 머리카락이 얼굴 쪽으로 내려와 있지?
나와 마주치는 사람이 나를 쉽게 잡게 하기 위해서지.
그런데 도대체 뒷머리는 왜 대머리야?
날개 달린 발로 일단 내가 지나치면,
아무리 원해도 뒤에서 잡을 수 없기 때문이지.

중국을 통일한 진나라의 진시황제도 영원한 시간을 원했습니다. 황제로서 부귀영화를 모두 누릴 수 있는 그에게도 시간만큼은 어찌 할 도리가 없었지요. 진시황에게도 소중했듯이 살아가는 모든 존재들에게도 더할 나위 없이 시간은 소중합니다. 소중함을 안다는 것은 그것이 유한한 것임을 아는 것이죠. 한정된 시간 속에 사는 바쁜 현대인들은 진정으로 나만을 위한 시간을 하루에 얼마만큼 쓰고 있을까요? 이 물음은 이 글을 읽고 있는 여러분들을 위해 다시금 남겨놓아야 할 것 같습니다. 하루라는 생명의 시간 속에 진정으로 나를 위한 시간은 얼마만큼 쓰고 계신가요?

알아두면 유익한 좁고 얕은 커피상식

• 커피는 콩인가요? •

커피 원두를 보통 '커피 콩'이라고 부르지요. 외국에서도 '커피 빈'이라고 합니다. 하지만 커피 콩의 정체는 커피나무에서 열리는 열매의 씨앗입니다. 열매를 '커피 체리'라고 부릅니다. 커피 체리의 과육을 벗겨내고 씨앗을 건조시켜 보관한 것이 연한 녹색을 띠는 그린 빈입니다. 생두라고 부르는데요. 이것을 뜨거운 열기나 불로 볶아 내면 특유의 맛과 향을 가진 갈색의 커피 원두가 됩니다.

CHAPTER

생각

THINK

행복한 삶을 살고 싶다면 당신이 어떻게 살고 싶은지를
먼저 '생각'해보고 그려보는 것이 첫 번째 걸음입니다.

꿈 탄생의 출발점

비가 내리는 바다를 바로 앞에서 보신 적이 있으신가요? 어머니가 운영하던 인천 월미도의 카페에서 일할 때 가장 기억에 남는 추억이 있습니다. 그것은 비 오는 날 손님이 없는 카페에서 커다란 통유리 너머로 바다를 보며 커피 한잔과 함께 생각에 잠기는 것이었습니다. 혹시 낭만적이라고 생각하실지 모르겠지만 고등학생 때라 카페에서 일을 하지 않으면 용돈을 주지 않으셨거든요. 주말과 방학 내내 커피를 내리고 아이스크림으로 한껏 멋을 낸 파르페를 만들었습니다. 잠깐 쉬러 밖으로 나올 때면 파란 하늘 위로 갈매기들이 떼를 지어 날아다녔던 기억이 납니다. 날아다니는 모습을 가까이서 보는 것만으로도 좋은 휴식이었거든요. 이쯤에서 제가 좋아하는 갈매기 한 마리 소개해 드릴게요.

리처드 바크 작가의 《갈매기의 꿈》에 나오는 주인공 조나단 리빙스턴입니다. 그는 먹는 것보다 날기를 좋아하고 생각도 많은 젊은 갈매기입니다. 이런 아들이 부모님은 걱정스럽기만 합니다. 하루 종일 오묘한 날기 연습을 하고 혼자 생각에 잠겼다가 다시 나는 것에만 몰두해 있기 때문입니다. 갈매기가 날아다니는 이유는 밥을 얻어먹기 위해서인데 말이죠. 뱃사람들이 던져주는 먹이를 구하러 다닐 생각은 하질 않으니 아들의 이런 행동이 도무지 이해가 되질 않습니다. 결국 부모님들은 조나단을 불러 조용히 타이릅니다. "조나단, 네가 나는 이유는 먹기 위해서라는 것을 잊어서는 안 된다. 알겠지?" 이렇게까지 타이르는데 어쩌겠습니까? 조나단은 고개를 푹 숙이고 고깃배로 날아갑니다. 이미 도착한 갈매기들이 배 주위를 날고 있습니다. 어부가 던져주는 먹이를 서로 먼저 먹기 위해 싸우며 소리 지르는 공간으로 들어갑니다. 말 그대로 치열한 삶의 현장이지요. 그 주변을 조용히 날던 조나단은 혼자 생각에 잠깁니다. '이런 시간을 모두 나는 법을 연구하는 데 쓸 수 있다면 좋을 텐데.' 라고 말이지요. 넓은 하늘을 높이 올라 자유롭게 날아다니고 싶다는 조나단의 생각이 곧 꿈의 시작이 됩니다. 조나단은 가장 높이 나는 갈매기가 되어 가장 멀리 보는 갈매기들의 꿈이 되지요.

꿈이 현실로 이루어질 수 있게 된 계기는 바로 생각의 시작에서부터였습니다. 프랑스 소설가 오노레 드 발자크의 꿈 역시 마찬가지였습니다. "커피를 마시면 생각이 전쟁터에 출격한 나폴레옹의 대군처럼 움직이면서 한바탕 전투가 시작된다."고 말한 발자크는 하루 12시간씩 글을 쓰기 위해 매일 50잔의 커피를 마셨습니다. 그의 꿈은 소설로 프랑스 한 시대의 거의 모든 것을 완전한 구조의 거대한 건축물처럼 담아내는 것이었습니다. 그렇게 해서 쓰인 그의 대표작 《인간희극》은 약 100여 편의 소설로 이루어져 있고 등장인물만 약 2000명이나 되는 놀랄 만큼 웅장한 작품입니다. 소설을 쓰기 위해 발자크는 커피를 마시면서 작품의 내용을 먼저 생각했습니다. 그러고는 이렇게 말했습니다. "커피를 마시면 정신이 확 깨어난다. 아이디어가 즉각 행군을 개시한다. 형상과 모양, 인물이 불쑥불쑥 솟아나면서 종이가 잉크로 뒤덮인다."고 말이지요. 《인간희극》은 끝내 완성되지는 못했지만 프랑스 문학 사상 독보적인 위치를 차지하는 역작으로썬 손색이 없을 것 같습니다. 문학의 나폴레옹이 되고자 했던 발자크의 꿈과 한 시대를 문학으로 통합하고자 했던 엄청난 양의 소설들 모두 그의 머릿속 생각에서부터 탄생된 것이었습니다.

Think 2

생각할 형편 만들기

    오노레 드 발자크처럼 저 역시 글을 쓰기 위해 커피 한잔 옆에 두고 생각을 하고 있습니다. 생각을 먼저 해야 하는 이유는 무엇일까요? 이 질문에 가장 좋은 대답을 들려줄 수 있는 세계적인 리더십의 구루이자 《성공하는 사람들의 7가지 습관》의 저자인 스티븐 R. 코비 박사를 만나러 가보겠습니다. 그는 "모든 것은 두 번 창조된다."고 말합니다. 첫 번째 창조는 마음속으로 하는 생각을 말하고, 두 번째 창조는 생각한 것을 행동으로 옮겨 실생활에서 이루어내는 것을 말합니다. 예를 들어보면 사람들이 만들어낸 수많은 기계들과 건축물, 의류들 그리고 도구들은 실제로 만들어지기 전에 살고 있던 곳이 그 아이디어를 생각하고 있던 사람의 머릿속입니다. 사람들이 흔히 쓰고 있는 애플의 아이폰도 스티브 잡스가 무선 전화기에 음악을 들을 수 있는 아이팟 그리고 인터넷 세 가지를 섞어 만들어낸 것이잖아요. 누군가가 먼저 생각하고 그려냈던 제품들이나 작품들이 현실에 존재하게 된 것이죠. 사람이 만들고 행동하는 모든 것은 생각에서부터 왔습니다. 커피를 마시는 것도 마찬가지고요. '커피 좀 마셔 볼까?' 라는 생각이 들어야 카페를 가거나 텀블러 혹은 종이컵에 봉지 뜯어 커피를 만들어 마시잖아요. 그래서 코비 박사는 행복한 삶을 살고 싶다면 어떻게 살고 싶은지를 먼저

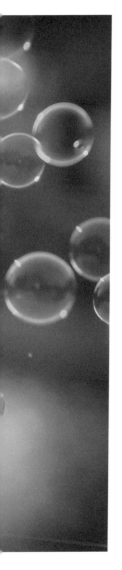

생각해보고 그려보는 것이 첫 번째 걸음이라고 말합니다. 그러기 위해 필요한 것은 생각할 시간을 갖는 것이지요. 한 장밖에 없는 인생이라는 스케치북에 나의 작품을 남겨야 한다면 머릿속에서 어떻게 그릴지 고민을 하겠지요. 대뜸 그려서 멋진 작품이 나온다면야 더없이 좋겠지만 어려울지 모릅니다. 여러 장이 있어서 연습이라도 할 수 있다면 좋겠지만 말이죠. 연습을 하려 해도 결국은 어떤 그림을 그려야 할지 먼저 생각부터 해봐야겠네요. 숨 가쁘게 살아가는 요즘 같은 시대에 꿈이 뭐냐고, 인생의 그림을 어떻게 그려보고 싶으냐고 물으면 이상한 눈초리를 받을지도 모르겠습니다. 낯선 질문이니까요. 이래저래 골치 아픈 일에 치여 생각할 시간도 빠듯하고 말이죠. 자신의 꿈에 대해 생각하고 그려봤던 시간이 언제였을까요? 어느새 자신을 잊은 채 열심히 살아가고 있잖아요. 이런 모습들을 예상이나 했던 걸까요?

아인슈타인은 1933년 독일을 떠나며 당시 삶의 속도가 너무 빨라 사람들이 신문 표제를 훑어볼 시간조차 없다고 개탄합니다. "몇 년 전까지만 해도 사람들에게는 자리에 앉아서 생각할 기회가 있었다. 그 기회를 활용하지 않는 사람들이 있었다 하더라도 그건 본인의 선택일 뿐이었다. 그러나 지금은 아무도, 설사 그러기를 간절히 원하는 사람이라 하더라도 잠시 멈춰서 생각을 할 만한 형편이 되지 못한다."고 말이죠. 이상한 나라의 앨리스가 이상한 나라에 떨어지게 된 이유도 정신없이 손목시계를 보며 바쁘게 움직이는 토끼를 따라 토끼 굴로 들어갔기 때문입니다. 생각할 틈도 없었다고 앨리스는 말했지요. 하지만 아이슈타인이 우려했던 일에 대해선 걱정을 조금 접어도 좋겠습니다. 바쁜 사회이긴 하지만 생각할 형편을 만들기에 좋은 환경이기도 합니다. 그것은 삶 속에 스며든 커피 마시는 시간을 활용하는 것입니다. 짧은 시간일지라도 상상에 잠겨 생각을 하고 정리할 여유의 시간을 확보해줍니다. 생각할 형편에 대해 안타까워하던 아이슈타인도 스위스 취리히 대학교의 학생이었을 때부터 커피 마시는 시간을 활용해 생각의 확장을 이어갔습니다. 친구들을 만나 커피를 즐기면서도 생각을 함께 나누곤 했지요. 상대성 이론을 발표하기 전 프라하에서 지내던 시절에도 늦은 밤 홀로 카페에 들러 와인이나 커피를 마시면서 혼자만의 생각에 잠기기도 했답니다.

Think 3

희망을 발견하는 시간

　어느 늦은 밤 저는 커피 한 잔을 들고 집 근처 공원 벤치에 앉아 긍정적인 생각이란 무엇인지 고민해본 적이 있습니다. 긍정적인 생각으로 살아가자고 말하는 강사였지만 집안의 사업 실패로 힘든 시기를 보내고 있었거든요. 눈앞에 닥친 문제들이 '모든 것은 잘될 거야'라는 생각만으로 해결될 수 있을까에 대한 고민이었습니다. 그러다《희망의 힘》의 저자인 제롬 그루프먼의 글을 읽게 되었습니다. 상황이 어떻게 돌아가고 있는지도 모르는 채 무조건 잘될 것이라고 생각하는 것은 근거 없는 낙관주의라고요. 진정한 희망이란 현실에 토대를 둔 계획과 전략에서 나온다고 말이지요. 상황이 어떤지를 파악하고 내가 할 수 있는 일들이 무엇인지를 생각하며 찾아내는 과정에서 희망이 생긴다는 말이었습니다. 희망을 찾는다는 것은 생각할 수 있는 여유와 시간이 필요한 일이었습니다. 부모님의 사업 실패로 채무보증이 제게로 넘어왔을 땐 숨이 콱 막히더군요. 아무것도 할 수 없을 만큼 중압감이 밀려오는데 앞날이 아니라 당장 막막한 겁니다. 우울하고 무기력해지는데 주저앉아 포기하고 싶었습니다. 그래도 희망을 찾아야 했습니다. 우선은 살아가야 하니까요. 제가 할 수 있는 일은 커피 한 잔을 앞에 두고 의도적으로 생각할 시간을 스스로에게 주는 것이었습니다. 또렷해진 정신으로 현실을 파악하고 앞날에 대처할 수 있도록 준비하는 시간을 갖는 것입니다. 힘들었던 시기에 따뜻한 커피 한 잔이 그렇게 위로가 될 줄은 몰랐습니다. 술로 몸과 마음을 상하게 하지 않고 커피를 마시면서 미래를 준비했기에 지금 이렇게 글도 쓰고 작업을 할 수 있는 게 아닌가 싶습니다. 빚도 갚고 경제적인 여유를 다시 찾기 위해 인터넷 회사를 창업하고 책 쓰기를 계획했었거든요. 커피 한 잔 옆에 두고 말이지요. 생각할 수 있음은 희망이었고 그것은 커피를 마시면서 생각할 시간을 가졌기에 가능했습니다. 커피는 생각이자 다른 말로 표현하자면 희망입니다. 적어도 제게는 말이지요. 시간이 조금 흘러 마음의 안정을 되찾을 때 시골의사 박경철 원장의 인문학 강연을 들을 기회가 있었습니다. 강연의 마지막에 영국 시인 알프레드 테니슨의 시 〈율리시스〉 끝부분을 보여주셨습니다.

> Made weak by time and fate, but strong in will
> To strive, to seek, to find, and not to yield.
> 시간과 운명에 어쩔 수 없이 약해졌다 하여도
> 강력한 의지로 싸우고, 추구하고, 발견하고 결코 굴복하지 않겠다.

박경철 원장은 〈율리시스〉에서 말하는 인간 정신을 한마디로 표현하자면 희망을 찾고 삶에 맞서는 것이라고 말합니다. 어려움이 있다 해도 희망을 갖고 나아가는 것이라고요. 희망을 찾기 위해 글을 한창 쓰고 있을 무렵이었습니다. 어머니께 커피를 왜 마시냐고 여쭈어 봤거든요. 어머니는 조금 고민하시더니 생각하고 싶은 것이 있을 때 마신다고 하시네요. 힘든 시기를 함께 보내고 있을 때 어머니도 나름의 답을 찾기 위해 커피를 마시며 희망을 찾고 계셨었나 봅니다.

마음에 귀 기울이기

　　희망의 시작은 한잔의 커피를 마시면서 생각할 수 있는 여유에서 시작하고 꿈과 행복도 생각에서부터 시작됩니다. 생각의 여유를 즐길 커피 한잔을 자신에게 선물해 주는 것이 중요한 이유가 또 있습니다.

　　오츠 슈이치 박사는 말기 암 환자들의 고통을 덜어주고 잘 떠날 수 있게 도와주는 호스피스 전문의입니다. 1000여 명의 환자를 만나고 보내면서 나누었던 이야기를 바탕으로 《죽을 때 후회하는 스물다섯 가지》를 펴냈습니다. 슈이치 박사가 떠나보낸 사람들은 모두 "인생, 정말 눈 깜짝할 사이에 지나가네요."라고 비슷하게 말했다고 합니다. 수많은 사람들의 죽음을 지켜본 슈이치 박사는 "마음의 소리에 귀를 기울이지 않은 채 자신의 인생을 살지 않은 사람들은 죽음을 앞둔 상황에서 많이 후회하고 가슴 아파했다."고 합니다. 그러면서 가슴에 돌을 안은 듯 답답하고 해방구 없는 하루를 매일같이 보내지는 말라며 자신의 마음에 한번쯤은 귀를 기울여 보라고 권하고 있습니다.

《오즈의 마법사》를 탄생시킨 미국의 라이먼 프랭크 바움도 여러 직업을 전전하면서 힘든 시기를 보내고 있었지만 뒤늦게나마 아이들을 위한 이야기 짓기를 시작했는데요, 당시 그의 나이 마흔 살이었습니다. 아내의 격려에 힘입어 마음의 소리를 따라가기로 한 것이었지요. 하루에 다섯 잔씩 커피를 즐겨 마셨던 그의 이야기 속 허수아비는 생각할 수 있는 지혜를 원했고, 양철 나무꾼은 녹슨 마음에 사랑을 원했고, 사자는 용기를 갖게 해달라고 오즈를 찾아 여행을 함께 떠납니다. 하지만 오즈는 이미 알고 있었습니다. 허수아비는 원래 지혜로웠고, 양철나무꾼은 원래 따뜻한 마음을 갖고 있었으며, 사자는 원래 용감했다는 것을요. 오즈는 이미 있었던 것을 일깨워 준 겁니다. 자신이 원하던 행복은 저 깊이 자기 자신이 이미 가지고 있는데 그것에 귀 기울이고 발견하면 된다고 말이지요. 허수아비와 나무꾼 그리고 사자의 이야기를 통해 바움 스스로에게 격려와 용기를 불어넣어주는 이야기처럼 느껴지네요. 자주는 아니더라도 커피 한잔 마시면서 한번쯤은 자신의 마음이 하고자 하는 이야기를 진지하게 생각해보는 시간을 가져봤으면 좋겠습니다. 자신이 잘 가고 있는지 점검도 해보면서 말이지요. 그렇게 했던 사람들의 마지막은 빛이 났다고 오츠 슈이치 박사는 말합니다. 눈을 감는 순간 그들의 얼굴은 후회 없이 평온했다고 말이지요.

Think 5

미래를 꿈꾼다
인생설계학교

언제 내 가슴에 귀를 기울여야 할까요? 생각할 시간을 자주 갖는다는 덴마크인들의 이야기를 살펴볼까요? 덴마크는 유엔에서 선정하는 행복한 나라에 매번 손가락 안에 들고 커피 소비량도 그에 맞먹는 국가입니다.《우리도 행복할 수 있을까》의 저자 오마이뉴스의 오연호 대표는 덴마크 사람들이 행복한 이유 중 하나가 '애프터스콜레'를 다니기 때문이라고 합니다. 한국어로 치면 '방과 후 학교'가 되겠네요. 하지만 덴마크에서는 삶을 점검하고 계획하는 곳이라 '인생학교'라고 불립니다.

덴마크 초등학교는 9학년까지이고 고등학교가 11학년에서 시작합니다. 10학년이 비지요? 학생들이 10학년에 가는 곳이 '애프터스콜레' 인생설계학교입니다. 이곳에서 기본적인 학과 공부도 하지만 어떤 인생을 살지 고민하고 답을 찾는 과정을 거쳐 성숙한 사회의 일원이 되도록 생각할 시간을 주는 곳입니다. 학교 끝나기가 무섭게 학원을 몇 개씩 다녀야 하는 한국 학생들과는 조금 다른 삶을 살고 있습니다. 삶이나 인생에 대해 고민하고 생각할 시간 없이 들어오는 정보를 집어넣기에 바쁘지요. 조금이라도 뒤처질까 걱정되니까요. 강의 현장에 나갈 때마다 느끼는 속상한 현실입니다.

덴마크 학생들은 고등학교를 졸업한 이후에도 사회에 나가기 전 인생학교에서 하고 싶고 잘할 수 있는 일이 무엇인가를 시도해보면서 생각할 기회가 다시 주어집니다. 성인들도 직장에 다니다가 다른 일을 하고 싶을 때에도 인생학교에 들어가 삶을 중간 점검해보고 남은 인생을 어떻게 살 것인지를 생각할 시간을 갖습니다. 삶의 주요 전환기나 중요한 선택에 있어 자신의 미래를 생각해 보는 것이 문화로 정착되어 있다고 말이지요. 갈수록 복잡해지는 사회 속에서 나름의 기준을 정하고 스스로 일어서기 위해서라도 생각할 시간이 필요할 것 같습니다.

아침이면 창가에 앉아 커피를 마시며 조간신문을 보던 피터 드러커 박사는 앞으로의 미래가 어떻게 펼쳐질까를 생각하기 위해 "창문을 내다본다."고 말했습니다. 커피 한잔 마실 시간이면 창문을 내다보며 생각에 잠기기에 충분하겠지요. 우리들의 일상으로 스며든 커피 문화를 누려보는 것입니다. 사무실이건 집에서건 카페에서건 어디서라도 자주 접할 수 있잖아요. 커피를 들고 있는 그곳에서 나만의 생활 속 인생설계학교를 매일 여는 겁니다. 혹시 커피를 마시며 창문을 바라보고 계시다면 어떤 생각을 하고 계신가요? 이따금씩 자신의 꿈을 생각해 보시는 건 어떤가요? 실은 당신의 가슴이 당신의 소중한 꿈에 대해 가장 궁금해하고 있거든요.

알아두면 유익한 좁고 얕은 커피상식

● 커피 생두를 볶는 이유가 무엇인가요? ●

연한 녹색의 생두는 딱딱하고 향이 거의 느껴지지 않습니다. 생두가 지니고 있는 본래의 맛과 향을 꺼내는 작업이 필요합니다. 고기를 굽는 것처럼 말이지요. 생두를 뜨거운 열기나 불에 볶는 과정을 영어로 '로스팅roasting'이라 하고 일본식 한자어로는 '배전焙煎'이라고 말합니다. 볶는 과정에서 약 800여 가지 정도의 커피 향과 함께 다양한 맛들도 나타나게 됩니다. 그리고 항산화물질로 알려진 폴리페놀도 드러나게 됩니다. 노화를 부르는 활성산소를 억제시켜주는 것이 '클로로겐산'이라 불리는 폴리페놀인데요. 치매와 암 예방에 효과가 있다고 알려져 있습니다.

서울대학교 식품공학부 이형주 교수는 매일 마시는 음료 중에서 폴리페놀의 가장 좋은 공급원 중 하나는 커피라고 말합니다. 커피를 볶는 과정은 원두의 본 모습을 찾아주고 좋은 성분도 탄생시키니 참 중요한 일이겠지요. 커피 볶는 사람을 로스터라고 부르는데 커피 콩이 원하는 대로 볶이지 않으면 애써 볶은 원두를 버리기도 합니다. 그만큼 장인정신을 갖고 정성껏 볶는다는 말이겠지요. 신선한 원두의 특색을 개성 있게 표현하려는 로스터들이 운영하는 매장을 '로스터리 카페'라고 합니다. 그곳에서는 현장에서 직접 볶은 커피를 맛볼 수 있답니다.

CHAPTER

시작

START

맛있는 커피 한 잔이 준비되었다면 떠나볼까요?
책을 읽으러, 프로젝트를 하러, 글을 쓰러,
사랑하는 연인을 만나러 말이지요.

내 마음 속에서 벌어지는 일

어니스트 헤밍웨이의 명작 소설《노인과 바다》에서 노인은 바다로 떠나기 전 동네 카페에 들러 옆집 소년 마놀린과 함께 깡통에 가득 든 커피 한 잔을 마십니다. 마지막 점검을 마치고 배를 띄우기에 앞서 노인은 한 잔의 커피를 더 마시는 것으로 모험의 준비를 마치지요. 옆집 소년 마놀린은 배에 앉은 노인에게 말합니다. "행운을 빌어요, 할아버지." 라고요. 노인은 "행운을 비마."라고 대답을 한 후 거친 바다로 떠나게 되지요. 그곳에서 노인은 인생에서 가장 큰 물고기를 만나 목숨을 건 사투 끝에 승리를 거두게 됩니다. 노인은 모두가 잠든 밤 지친 몸을 이끌고 겨우 집으로 돌아와 침대에 쓰러져 버리고 맙니다. 옆집 소년 마놀린은 이른 아침 노인이 집에 돌아온 것을 확인하자마자 우유와 설탕을 가득 넣은 커피를 준비해 노인의 집으로 달려갑니다. 깊은 잠에서 깬 노인은 마놀린이 건네주는 커피를 마시며 그간의 이야기를 들려주는 것으로 하루를 시작하면서 또 다른 모험을 준비합니다. 외롭고 쓸쓸한 바다 한가운데서 자신과의 고독한 싸움을 그려낸 작품이기에 지금도 사랑받는 고전이 되었지요. 이처럼 자신의 삶을 위해 모험을 떠나려는 노인이 있는가 하면 이와는 반대로 모험을 떠나지 못하게 방해하는 정반대의 성격을 지닌 다른 노인도 있습니다. 조금은 무서운 사람이라 조심해야 하는데 만나러 가볼까요? 신밧드 모험에 나오는 바다의 노인 이야기입니다.

옛 바그다드에 모험을 좋아하는 청년 신밧드는 매번 바다로 나가는 여행마다 목숨이 오락가락하는데도 모험을 멈출 수가 없습니다. 다섯 번째 항해에서 가까스로 목숨을 건진 신밧드는 정체 모를 섬에서 눈을 뜹니다. 방황하던 중에 작은 강가 앞에서 한 노인을 만납니다. 노인은 개울가를 건너려 하는데 혼자 못 가니 등에 업어서 건너게끔 도와달라고 말합니다. 신밧드는 노인이 안쓰러워 보였는지 흔쾌히 등을 내어 줍니다. 노인을 등에 업고 한 발 한 발 조심스레 물을 건너갔지요. 무사히 도착하고 나서는 등에 탄 노인이 내려오길 기다리는데 한참을 기다려도 등에서 내려오질 않는 겁니다. 내려오라고 말하는 순간 다리로 목을 감아 죄어오면서 되레 자기가 시키는 일만 하라고 협박합니다. 어깨에 딱 달라붙어 노인을 떼어낼 수가 없었습니다. 떼어낼 낌새만 보여도 금세 다리가 목을 죄어왔습니다. 남의 등에 평생 붙어 다니며 죽을 때까지 부려먹는 바다의 노인한테 딱 걸린 겁니다. 알고 보니 굉장히 무서운 사람이었지요. 신밧드는 하는 수 없이 답답한 마음으로 며칠 동안 노인을 달고 다닙니다. 평생을 이러고 살아야 할 것 같아 우울했지요. 그런데 섬을 둘러보니 포도나무가 보이는 겁니다. 신밧드는 꾀를 냅니다. 포도주를 만들어 먹인 후 취해 곯아떨어지게 말이지요. 신밧드는 포도를 따다 병에 담고 숙성을 시킵니다. 허튼짓하면 목을 졸라버리겠다고 말하는 노인을 달래며 이 음료를 마셔만 보라면서 아주 맛이 좋다고 말하지요. 며칠이 지나 정성스레 만든 와인이 완성되었습니다. 노인에게 한번 먹여보는데 맛이 꽤 괜찮았는지 몇 번 더 홀짝이더니 서서히 노인 다리에 힘이 풀리기 시작하는 겁니다. 이때를 놓치면 평생 벗어날 수가 없을 것 같았던 신밧드는 정신을 못 차리는 노인을 재빠르게 땅에 내려놓습니다. 자유를 되찾은 신밧드는 다시금 모험을 떠날 준비를 하게 됩니다. 아마도 이슬람의 와인으로 불렸던 커피를 볶아 마시게 했다면 신밧드의 모험은 거기서 끝났을지도 모릅니다. 각성 효과를 본 노인이 정신이 번

쩍 깨어 잠들지 않았을 테니까요. 모험을 떠나야 하는 신밧드와 어디도 가지 못하게 어깨에 눌러 붙은 바다의 노인을 보자면 어떤 일을 시작하는 데 있어 마치 우리네 마음속을 들여다보는 것 같습니다.

　계획한 일을 시작하고 해야 하는 것을 머리로는 알겠는데 몸이 말을 듣지 않습니다. 자꾸 누워 있고 싶고 휴대폰으로 게임과 인터넷 가십거리를 두루 살펴보면서 시간만 헛되이 보내는 자기 자신을 발견하게 되지요. 《넛지》의 저자 시카고 대학 석좌교수 리처드 탈러는 이와 같이 자기통제의 문제가 생겼을 땐 나에게 두 개의 자아가 있다고 생각하면 편하다고 말합니다. 우리의 장기적인 번영을 위해 계획하고 실천하려는 자아와 그것을 방해하고 본능적으로 자기 편한대로 움직이려는 자아입니다. 마치 모험을 떠나야 하는 신밧드의 자아와 그것을 방해하려는 바다 노인의 자아 같습니다.

Start 2

작은 승리, 커피 잔 들기

맡은 일을 멋지게 소화하고, 좋아하는 공부를 하러 가고, 상쾌하게 운동을 하러 가고, 좋은 사람과 친구를 만나는 일들은 모두 하루의 작은 모험들입니다. 이것들이 우리가 행복하게 살 수 있도록 도와주는 중요한 일들이고 성취감과 더불어 기분도 좋게 만들어 주는 일들입니다. 즉, 신밧드 자아가 좋아하는 일들이라고 할 수 있습니다. 하지만 문제는 시작이지요. 좋은 일이라는 것을 머리로는 알고 있어도 행동으로 막상 옮기려면 마음처럼 쉽지 않고 어렵다고 《행복의 특권》의 저자 하버드 대학교 숀 아처 교수도 말합니다. 시작이라도 하고 나면 그 다음은 움직이기가 수월한데 첫 시작이 어려운 것이라고 말이지요. 대학에서 전공 수업 중 하나였던 전기철도 수업을 들었을 때 가장 기억에 남는 교수님의 말은 전철이 출발하기 위해선 일반 속도로 달리는 에너지의 세 배가량을 써서 움직이게 한다는 말이었습니다. 전철의 첫 움직임에 많은 에너지가 소모되는 것처럼 시작하는

것이 귀찮고 눕고 싶고 움직임을 굼뜨게 만드는 것이 바로 바다 노인의 자아이지요. 신밧드 자아는 시작하고 싶은데 바다 노인 자아가 시작하지 못하게 방해를 하잖아요. 이때 필요한 것은 신밧드가 바다 노인을 잠재웠던 포도주를 준비하는 것처럼 손쉽게 성취할 수 있는 작은 움직임입니다. 작은 움직임으로 작은 성취를 달성했을 때 이것을 작은 승리라고 하거든요.

미시간 대학교 칼윅 석좌교수는 하나라도 작은 승리를 이루어 내면 또 다른 작은 승리를 유도하는 역학 관계가 성립된다고 말합니다. 커피를 다양하게 즐기는 것 역시 작은 승리에서부터 시작하잖아요. 달짝지근한 자판기 커피에서 시작해 입이 황홀해지는 카라멜 마키아또를 지나 카페라떼를 마셔보는 작은 승리에 취해 아메리카노에 도전해보고 호기심에 에스프레소까지 마셔보는 것처럼요. 기업인의 시작 이야기도 살펴볼게요.

시간을 철저히 지키기로 유명했던 삼성의 창업주 이병철 회장은 아침 8시 55분이면 정확히 사무실에 정시 출근을 했답니다. 도착하자마자 비서가 내온 원두커피에 설탕과 크림을 직접 넣어 타 마신 후 오전의 일과를 강도 높게 진행했다고 합니다. 강도 높은 업무를 진행하기 위한 시작을 커피와 함께 했다고 말이지요. 베토벤도 아침에 일어나 커피 원두를 정확히 60

알을 세어 갈아 마신 후 피아노 앞에 앉아 작곡과 연주를 시작했다고 하잖아요. 이처럼 하고자 하는 일을 부드럽게 시작할 수 있도록 커피를 준비하는 작은 승리로 몸의 움직임을 위밍업 해주는 겁니다.

저도 인터넷 회사를 만들기 위한 기획을 하거나 책을 써야겠다는 생각이 들지만 바로 작업에 몰두하기가 쉽지 않았습니다. 중요한 일은 앞에 닥쳐 있는데 마음이 은근히 부담되는지 스마트폰만 보게 되고 딴짓만 하다 시간을 낭비하니 종종 자책감을 느끼곤 했습니다. 생각은 있는데 몸이 움직일 생각을 하지 않을 땐 하기 쉬운 일로 시작을 합니다. 책을 쓰자는 생각이 들면 우선 커피를 마실 준비를 합니다. 커피는 매일 마시고 맛도 있으니 준비하는 데 부담도 없고 거부감이 들지 않습니다. 커피를 마실 준비를 하려면 직접 물도 끓여야 하고 원두를 갈아야 하니 몸의 움직임이 수반되는 이때를 이용해 자연스럽게 책상에 앉는 겁니다. 커피가 마중물의 역할을 해주니 책상 앞에 바로 앉는 것보다 상대적으로 작업 준비에 부담이 덜 느껴집니다. 커피를 마시면서 앞으로의 작업 구상을 머릿속에서 굴려도 보고요. 커피를 준비하고 만든 잠깐의 승리가 2~3시간의 작업 시간을 밀도 있게 보낼 수 있도록 도와주는 겁니다. 이 책의 원고도 이렇게 커피를 마중물 삼아 쓰고 있답니다. 회사에서 발표할 보고서나 고객에게 보낼 제안서를 쓸 때에도 커피를 이용했습니다. 본격적으로 시간이 오래 걸릴 업무를 수행하기에 앞서 마음을 편안하게 만들고 부담 없이 준비할 수 있는 커피를 책상 앞에 두면서 일을 시작한 겁니다. 준비해온 커피로 서서히 각성 효과를 보면서 일에 집중하게 되고 알차게 쓴 시간 덕에 작은 보람도 느껴집니다.

Start 3

모험을 위한 작은 배려하기

　높은 곳에 오르기 위해서는 낮은 곳에서부터 시작해야 하고 먼 곳을 가려거든 가까운 데서 시작해야 한다는 등고자비登高自卑라는 구절은 인문고전의 사서 중 하나인 자사의《중용》15장에 나오는 말입니다. 모든 일에는 순서가 있다는 것을 말합니다. 천 리 길도 한 걸음이라고 하잖아요. 천 리 길과 높은 산을 오르기 위해서는 첫걸음의 시작이 필요한 것입니다. 저는 리더십 강사로 활동하면서 한 시간짜리 강연부터 24시간짜리 워크숍도 진행을 합니다. 3일 과정의 워크숍을 진행할 때 제일 먼저 하는 일은 커피와 음료수 그리고 과자를 준비하는 일입니다. 아침에 온 참가자들이 편히 커피와 과자를 즐기면서 여유로운 마음으로 교육에 참여할 수 있는 시간을 주는 것입니다. 짧은 강연을 할 때에도 바로 본론으로 들어가는 것이 아니라 청중들과 이야기도 주고받고 선물도 주면서 부드럽게 시작하거든요. 이것이 교육을 시작하기에 앞서 높은 산과 먼 곳을 가기 위한 첫걸음입니다. 참가자와 청중들을 배려해주는 일이고요. 회사원들도 강도 높은 업무를 진

행하기에 앞서 커피를 준비해 책상에 두는 것과 대학생이 도서관이나 학교로 공부하러 가기 전에 커피를 준비해 가는 것도 마찬가지입니다. 언제든지 목이 마를 때 커피를 마실 수 있다는 마음의 안정도 주면서 앞으로의 일을 하기 위한 마음의 준비를 스스로 하는 것이니까요.

'이젠 하루의 모험을 떠나볼까?'라는 마음의 신호가 오면 신밧드처럼 모험을 떠날 준비를 먼저 하는 겁니다. 작은 목표가 작은 성공으로 이어지고, 작은 성공은 긍정적인 연쇄 행동을 촉발하는 시발점이 된다는 《스위치》의 저자 스탠퍼드 대학교 교수 칩 히스의 말처럼 말입니다. 그렇다고 바다 노인 자아를 너무 미워하진 마세요. 바다 노인 자아는 우리 몸이 좀 더 편했으면 좋겠다고 나름대로 노력하는 중이거든요. 일상생활에서 커피를 먼저 준비한다는 것은 신밧드 자아가 바다 노인 자아를 배려해주는 굉장히 센스 있는 매너랍니다. 맛있는 커피 한 잔이 준비되었다면 떠나볼까요? 책을 읽으러, 프로젝트를 하러, 오늘 할 일을 마무리하러, 운동을 하러, 사랑하는 연인을 만나러 말이지요. 오늘은 어떤 즐거운 일이 기다리고 있을지 아무도 모르니까요.

알아두면 유익한 좁고 얕은 커피상식

● 커피는 어디에서 최초로 발견이 되었나요? ●

에티오피아의 유전학자 카사훈 테스파예는 커피나무의 유전자 분석 결과 커피의 시작은 에티오피아 남서쪽이 확실하다고 〈MBC 특선다큐멘터리-커피에 관한 모든 것〉에서 말합니다. 6세기경 약 50여 년간 에티오피아는 예멘을 지배했었습니다. 커피는 이때 에티오피아에서 예멘을 거쳐 다른 지역으로 퍼져갔다고 합니다. 커피를 발견한 사건에 대해서는 여러 설들이 존재하고 있습니다. 그중에서도 구전으로 널리 알려진 에티오피아의 염소치기 소년 칼디 설이 유명하니 살펴보겠습니다.

염소를 돌보던 칼디는 어느 날 염소들이 평소 하지 않던 행동을 발견합니다. 잠도 자지 않으면서 며칠 동안 활발하게 돌아다니는 겁니다. 흥에 겨운 그 모습이 마치 춤을 추는 것처럼 보였습니다. 염소에게 무슨 마술이 걸렸는지 궁금했던 칼디는 그 정체를 발견하게 됩니다. 염소가 뜯어먹는 열매를 발견한 것이지요. 바로 수도원 원장인 이맘에게 말합니다. 이맘은 처음 접해보는 열매를 끓이기도 하고 달여보기도 하다 화덕 냄비에도 넣어봅니다. 그랬더니 수분이 증발하고 열매가 검게 볶이면서 한번도 맡아보지 못한 구수한 향이 나는 겁니다. 물을 따로 끓여 검은색 가루를 넣어 마셔보니 쓰고 탄 맛이 나는 겁니다. 잠시 후 커피 열매 연구로 고된 일과를 보낸 이맘은 자려고 누웠지만 정신은 점점 맑아지고 힘이 샘솟는 것을 느낍니다. 기분도 좋아지면서 말이죠. 커피의 효능을 몸으로 깨달은 순간이었습니다. 깊은 밤 수도원 원장 이맘은 수도승들을 깨웁니다. 수도원에서는 매일 밤 기도를 올리거든요. 아무리 수도승이라지만 곤히 자고 있는데 한밤에 깨우니 얼마나 피곤하겠습니까? 힘겨운 한밤중의 기도가 시작됩니다. 이맘은 수도승들에게 준비해둔 검은색 음료를 한 잔씩 먹입니다. 그날 단 한 명도 졸지 않고 무사히 기도를 마치게 됩니다. 이후 밤이면 밤마다 이 열매의 씨앗을 달여 마시면서 이것을 '자극과 활기를 불어넣는다'는 뜻의 카파 kaffa라는 이름을 짓게 됩니다. 현재 커피의 어원이 바로 에티오피아의 지역 이름이기도 한 이 카파kaffa에서 유래되었다고 합니다.

CHAPTER

———————•———————

여유

AFFORD

커피 한 잔은 여유를 만들어 줍니다.
생각해보면 커피 한 잔 값으로 온전한 나의 시간과
공간을 누리는 여유와 호사스러움을 어디에서 느낄 수 있을까요?

Afford 1

행복 기다려 주기

　가을 단풍이 질 무렵 가로수를 구경하며 걷다 버스 정거장이 바로 앞에 보이는 동네 카페를 찾았습니다. 선선한 날씨여서 따뜻한 커피를 시켜 놓고 홀짝이면서 바깥 구경을 하는 중이었습니다. 붉게 물들어가는 나무 잎사귀도 보고 중간 중간 버스에서 내리고 타는 사람들도 보고 말이지요. 버스 한 대가 멈춰 섰다가 출입문을 닫고 곧 출발하려는 순간이었습니다. 어린이 가방을 든 여성이 버스로 급하게 뛰어가는 것입니다. 버스는 출발하려고 조금 앞으로 갔다가 절박하게 뛰어오는 사람을 보곤 친절하게 앞문을 열어주었습니다. 이제 타고 가겠거니 하는데 이 여성분이 타지는 않고 다급한 표정으로 손을 마구 흔들어댑니다. 자연스럽게 손이 가리키는 쪽으로 얼굴을 돌려보니 아주 작은 여자아이가 뒤늦게 달려오고 있는 겁니다. 보아하니 딸과 엄마였나 봅니다. 버스를 세워두고 손을 흔들고 있으니 사람들이 모두 엄마를 쳐다보고 있는 겁니다. 마음이 급해진 엄마는 어서 오라며 딸을 다그쳤고 뛰어오던 아이는 먼저 간 엄마 때문에 서운했는지 멈춰서는 울음을 터뜨리고 말았습니다. 지켜보고 있자니 마음이 얼마나 안타깝던지요. 함께 버스를 타고 가긴 힘들어 보였습니다. 엄마는 차를 먼저 보내고 딸에게 다가갑니다. 서럽게 울고 있는 아이 앞에 다가가 무릎을 꿇고 앉아 얼굴을 만지면서 눈물을 닦아줍니다. 딸을 한번 안아주고는 등을 토닥토닥 두드려주네요. 울음을 그친 아이는 엄마와 함께 손을 잡고 버스 정거장으로 느긋이 걸어가 버스를 기다렸습니다. 그제야 저도 긴장을 풀고 앞에 놓인 커피를 마음 놓고 마실 수 있었답니다.

내 앞에 놓인 길을 향해 나아가면서 '정작 중요하고 소중한 것들을 놓고 오지는 않았나.'라는 생각이 들자 쓰지 신이치의 저서 《행복의 경제학》에 나오는 원주민 이야기가 떠올랐습니다. 울창한 숲 속에 한 무리의 탐험가 일행이 유적을 발굴하러 정글을 지나고 있었습니다. 짐을 운반하는 인디오 원주민들도 말이죠. 무거운 짐을 묵묵히 지고 길 안내도 도와주는 믿음직한 원주민입니다. 목적지를 향해 나흘간 길을 잘 가던 어느 날 원주민들이 제자리에 멈춰 섰습니다. 자기들끼리 동그랗게 원을 그리며 앉더니 일어날 생각을 안 하는 겁니다. 당황한 탐험가들은 급료를 높여준다며 어르고 달래봅니다. 애원해도 안 되자 총으로도 협박해 봅니다. 그래도 원주민들은 꿈쩍도 하지 않았습니다. 탐험가들은 아무것도 하지 못한 채 서로의 얼굴만 쳐다봤지요. 이틀의 시간이 지나자 인디오들은 일제히 일어나 등에 짐을 지고 묵묵히 걷기 시작했습니다. 탐험가들은 영문도 모른 채 원주민들을 따라갑니다. 며칠 뒤 무슨 일이 있었냐고 질문을 받은 인디오는 탐험가에게 이렇게 말했습니다. "너무 빨리 걸었다. 그렇기 때문에 우리는 행복이 우리를 따라올 때까지 기다려야 했다."고 말이죠. 원작은 미하엘 엔데의 《엔데의 메모장》에 나온 이야기인데 이것을 쓰지 신이치가 영혼을 행복으로 각색한 이야기입니다. '행복을 기다려준다'는 말이 쉽게 와 닿지 않을 수 있겠습니다. 현대사회를 살아가는 우리들이 행복을 좇고 있기 때문일지도 모르고요. 쓰지 신이치는 우리가 너무나도 서둘러 왔기 때문에 '행복'이 우리를 따라잡지 못하고 뒤처져 버렸다고 말합니다. 행복이란 무엇인지 생각해보고 느끼기 힘든 시대라고 말이죠.

잘 산다는 것에 대하여

속도를 미덕으로 생각하며 앞만 보고 열심히 달려가는 모습은 아메리칸 드림을 떠올리게 합니다. 경제 성장과 개인의 부 그리고 효율성을 중요시하면서 많은 사람들에게 강력하고 매력적으로 다가갔던 아메리칸 드림이 서서히 광채를 잃어가고 있다고 《유러피언 드림》의 저자 제레미 리프킨은 말합니다. 그 이유는 '오랜 세월 앞만 보고 달리면서 사람들이 피로 현상을 겪어서'라고 말합니다. '나도 돌아보면서 주변 사람들도 좀 챙기고 했어야 하는데 그럴 시간이 없어서'라고 말이지요. 꿈의 상징인 아메리칸 드림은 굉장히 매력적이지만 사람들의 몸과 마음에 피로가 누적되어 삶의 질이 떨어질 수 있다고 말합니다.

《잃어버린 순간》의 저자 노엘 옥센핸들러는 "속도를 추구하며 한순간도 낭비하지 않으려는 우리는 기다림을 통해 얻은 풍성한 의미를 놓치게 되었다"고 말합니다. 조금만 여유를 가지면 주위를 둘러볼 시간이 있을 텐데 말이지요. 하지만 이것이 말처럼 쉽지는 않잖아요. 그러면 사람들이 좀처럼 쉬지 않고 앞만 보면서 열심히 일하는 이유는 무엇일까요? 잘 살기 위해서겠지요. 잘 산다는 것에는 여러 의미가 포함되어 있겠지만 궁극적으로는 자유롭게 쓸 수 있는 여유 시간을 많이 확보하기 위해서 아닐까요? 그 여유 시간에 내가 하고 싶은 일들을 걱정 없이 하고 사랑하는 사람과 맛있는 음식 먹으면서 함께 시간을 보내는 것이 행복이니까요. 언젠가 올 그날을 위해 열심히 일하고 있는 것이고요. 반면 경제개발협력기구 OECD나 유엔에서 선정하는 행복지수가 높은 나라들을 보면 대게는 유럽 국가들이 많습니다. 여유를 즐기면서 삶의 질을 높이는 카페 문화가 발달했던 것도 유럽에서부터였지요. 카페 테라스에 앉아 커피를 마시면서 신문을 보고 생각에 잠기는 사람들을 쉽게 볼 수 있는 곳. 나만의 시간을 즐기고 가족들과의 시간을 무엇보다 중요시하는 문화가 있는 곳. 삶의 속도는 느리지만 생산성도 높고 행복도도 높습니다. 지속 가능한 삶의 질을 높이는 라이프 스타일을 추구하는 것이 제레미 리프킨이 말하는 유러피언 드림의 모습이었습니다.

최근 우리나라도 삶의 여유를 되찾고자 하는 캠핑 바람이 불었었죠. 변화를 따라가기에 지친 사람들이 자연으로 돌아가 삶의 진정한 의미를 생각하고 사랑하는 가족들과 시간을 보내는 데 투자하기 시작한 겁니다. 경기가 좋지 않다고 하는 때에도 삶의 여유를 갖고자 과감한 투자를 한 것이지요. 도심에서는 평소 가보고 싶고 좋아하는 카페로 이 골목 저 골목 여행하

듯 떠나가 향기로운 커피 한 잔과 맛있는 디저트로 낭만의 시간을 즐기기
도 하고 말이지요. 서울대학교 소비트렌드분석센터 김난도 교수는 이런 시
간과 공간의 여유를 만끽하며 즐기는 편안함이 호사스러움으로 통하기 시
작했다며 말합니다. 오히려 비싼 가격의 물품을 구매하는 순간의 기쁨보다
인생에 평생토록 남을 추억을 갖는 여유로운 시간에 투자를 하고 있다고
요. 그러면서 이제 진정으로 럭셔리한 아이템은 유명 브랜드가 아니라 '여

유'라고 말합니다. 그 여유를 커피 한잔이 만들어주고 있
잖아요. 생각해 보면 커피 한 잔 값으로 다른 사람들에게
피해를 주지 않으면서 온전한 나의 시간과 그 공간을 누
리는 여유와 호사스러움을 어디에서 느낄 수 있을까요?

　　최근엔 집에서도 카페처럼 커피를 즐길 수 있는 홈
카페를 만들면서 커피 드립 세트나 가정용 커피 머신 판
매가 매년 증가하고 있다고 합니다. 이것은 집에서도 커
피 한잔의 여유를 즐기려는 사람들이 늘고 있다는 이야
기거든요. 커피를 자주 즐기다 보니 신선하고 맛있는 커
피를 찾아 커피 장인을 찾아다니는 일도 늘고 있고요. 여
유 시간을 갖는다는 것은 어찌 보면 부의 최정상일지도
모르겠습니다. 누구에게도 방해 받지 않아도 되니까요.
이런 특별한 여유 시간을 틈틈이 즐기는 겁니다. 정서적
안정과 만족을 위한 마음의 여유도 덤으로 말이죠.

Afford 3

나만의 여유 시간, 그것이 명품

사회가 빠듯하게 돌아가고 삶의 속도가 빨라질수록 사람들은 여유로움에 대한 갈망이 커진다고 《시간의 심리학》의 저자 사라 노게이트는 말합니다. 삶의 속도가 빠른 사회는 사람들에게 심리적인 여유를 앗아가 행복을 느끼지 못하게 하고 상당한 스트레스에 항시 노출시킨다고 말이지요. 그래서일까요? 영국 미래연구센터는 2020년에 이르면 영국의 10퍼센트 정도 인구가 다른 유럽 국가나 지중해 지역 나라로 이주할 것이라는 예측을 내놓았습니다. 상대적으로 더 나은 삶의 여유를 찾아 떠나는 사람들이 늘어나고 있다고 말합니다. 《죽을 때 후회하는 스물 다섯 가지》의 저자 오츠 슈이치 박사의 말에 따르면 죽을 때 사람들이 후회하는 것 중 하나가 '죽도록 일만 하지 말 걸'이었다고 합니다. '다른 소중한 일들도 좀 돌보고 자신도 돌아볼 걸'이라고 말이지요. 《순수이성비판》의 위대한 철학자 임마누엘 칸트는 인생의 마지막 해에 이르러 커피를 굉장히 즐겼다고 합니다. 그는

시계처럼 완벽한 일과를 보내면서도 저녁 식사를 마친 후엔 커피 한 잔의 여유에 푹 빠졌다고 말이죠. 커피가 바로 준비되지 않으면 불같이 화를 냈다고 하네요. 시대의 한 획을 그은 철학자 칸트가 남긴 마지막 말은 "그것으로 좋다." 였습니다. 삶의 치열함 속에서 여유를 마음껏 즐겨서였는지 말을 남긴 끝엔 조용히 눈을 감았다고 합니다.

여유를 즐기는 것이 조금은 어색하고 힘들지도 모릅니다. 무언가를 하고 있지 않으면 마음이 불안하잖아요. 여기 여유를 즐길 수 있는 좋은 방법이 하나 있어 소개해 드리겠습니다. 문화심리학자 김정운 소장은 《노는만큼 성공한다》에서 우선 노천카페에 앉아 찬란한 풍광의 배경이 되는 방법부터 배워보라고 말합니다. 여유의 중요성을 강조하면서 잊고 지냈던 소중한 것들을 자신 앞으로 끌어오라고 말이지요. 나의 여유 말입니다. 편의점에서 컵 커피에 빨대 꽂고 벤치에 앉아 좋은 날씨를 즐기는 마음의 여유, 점찍어 놓은 카페에 앉아 음악도 들으면서 꿈도 써보는 마음의 여유, 그리고 아무것도 하지 않을 자유로운 시간도 누리는 겁니다. 《시간의 놀라운 발견》의 저자인 슈테판 클라인은 소중한 내 삶의 균형을 위해서는 여유 시간이 필요하다면서 이렇게 말합니다. "계속 바쁘면 힘을 빼앗기고, 깊은 생각을 하지 못하게 되며, 인간관계는 파괴된다. 비어 있는 시간이 저절로 만들어지지 않는다면 우리가 직접 만들어 내야 한다. 조금만 눈을 돌리면 여가를 즐길 수 있는 기회들이 널려 있다. 많은 사람들이 자신에게는 그런 평온을 누릴 시간이 없다고 생각한다. 우리는 시간이 없는 것이 아니라 시간을 비워놓는 것을 두려워하는 것이다."라고 말이지요.

함께 일하던 회사 동료는 결혼을 하고 현재 두 아이를 낳아 키우고 있는데요. 아이들을 어린이집에 보내고 나면 하루도 빠짐 없이 최소한 십 분간 커피를 마신다고 합니다. 아무것도 하지 않고요. 그때가 유일하게 마음이 편안해지는 시간이라고 하네요. 그래서 우유를 넣은 커피 한 잔의 여유 시간만큼은 절대 양보하지 않고 자기 자신에게 선물해 준다고 합니다. 작은 시간이지만 내 마음이 마음 놓고 쉴 수 있는 시간인 것이지요. 명품이 달리 명품인가요? 돈으로 살 수 없을 만큼 귀할 때 사람들은 명품이라고 부르지요. 여유 시간은 누군가가 만들어주는 것이 아닙니다. 스스로 만들어서 즐기는 시간입니다. 나만의 여유로운 시간을 확보하기 위한 도구로써 커피를 대체할 수 있는 것도 찾아보기 힘듭니다. 꼭 커피가 아니더라도 괜찮습니다. 하지만 커피가 삶 속에 스며들어 있어서 다행입니다. 평범한 일상에서도 여유를 즐길 수 있는 시간이 더 많이 생기니까 말이지요.

알아두면 유익한 좁고 얕은 커피상식

● **인스턴트커피에 든 알갱이는 원두 가루인가요?** ●

예전에 인스턴트커피는 다방 커피로 불렸습니다. 커피 두 스푼, 크림 세 스푼, 설탕 세 스푼의 공식을 만들어냈던 작은 유리병에 든 커피입니다. 업계에서 쓰는 정식 명칭은 솔루블Soluble커피입니다. 물에 잘 녹는다는 뜻이지요. 원두를 갈아 놓은 것처럼 보이지만 실제 원두는 아닙니다. 분쇄한 원두는 물에 녹여도 녹지 않습니다. 그럼 인스턴트커피의 제조공정을 살펴볼까요?

우선 볶은 원두를 액체 상태로 추출한 뒤 맛과 향이 날아가지 않도록 영하 45도의 온도로 급속 냉각시킵니다. 냉각된 커피를 진공 상태에서 수분을 제거하여 건조시키면 분말 형태로 만들어지게 됩니다. 여기다 물을 섞기만 하면 액체 상태의 커피가 만들어지는 것이지요. 쉽게 말하면 미리 뽑은 커피의 수분을 증발시켜 원재료를 보관했다가 나중에 물을 섞어 원래 모습으로 탄생시키는 것이지요. 이것을 길고 얇은 봉지에 넣은 것을 스틱 커피라고 합니다. 최근 소비량이 늘고 있는 아메리카노와 비슷한 맛을 내는 스틱 커피들을 인스턴트 원두 커피라고 부릅니다. 여기다 크림과 설탕 등의 첨가물을 섞어 부드럽고 단맛을 내는 커피가 믹스커피이지요. 믹스커피는 한국에서 세계 최초로 개발했고 품질도 가장 우수하다고 알려져 있습니다.

CHAPTER

— • —

휴식

RELAXATION

커피는 아낌없이 주는 나무처럼 언제든 곁에서 쉬라고 말해주는
마음의 의자가 되어줄 것입니다. 그리고 커피는 휴식의 자유입니다.

Relaxation 1

게임 속 세상도
휴식이 필요하다

어느 한 카페에서 사람들이 여유롭게 빵과 커피를 즐기고 있습니다. 카페 가운데에 화가 단단히 난 듯한 중년의 남성이 서 있네요. 휴대폰을 무섭게 쳐다보며 조용한 말투로 말합니다. "네가 누군지 모른다. 하지만 넌 내게 모욕감을 줬어. 나는 널 찾아낼 것이다." 카페에 서 있던 정체 모를 남자는 바로 찾아냄의 대명사 영화 〈테이큰〉으로 유명한 미국의 영화배우 리암 니슨입니다. 휴대폰 게임에서 자신의 마을이 누군지 모를 상대방에게 공격을 당하자 화가 나고 분해서 혼자 하는 말이었습니다. 이 모습은 미국 최대 스포츠행사인 슈퍼볼 광고에 노출된 핀란드의 게임 회사인 슈퍼셀의 클래시오브클랜 게임 광고입니다. 슈퍼볼 광고비는 1억 명 정도가 생중계로 보는 만큼 영향력이 매우 크기 때문에 굉장히 비싸기로 유명합니다. 슈퍼셀은 일반 분량의 두 배로 광고를 내보냈고 리암 니슨의 연기도 재미있어 한 동안 화제가 됐습니다. 한국에서도 전철 승강장이나 버스 옆면에 노란 머리와 수염을 가진 조금은 멍청해 보이는 케릭터를 봤다면 슈퍼셀의 광고에 노출된 겁니다. 이 게임은 공격적인 마케팅으로 전 세계 1억 명이 다운로드를 하고 구글 플레이와 애플 앱스토어에서 전 세계 최고 매출을 기록하기도 했습니다. 게임 룰은 간단하게 나의 마을을 키우는 겁니다. 키우는 데 필요한 자원은 다른 마을을 약탈해 확보를 합니다. 그 돈으로 마을을 더 강하게 성장시킵니다. 사람이 욕심이라는 게 있어 서둘러 성장시키고 싶잖아요. 그럴 때 병사들을 네 배 빨리 뽑을 수 있는 가속 기능이 게임 내에 있습니다. 빨리 뽑은 만큼 많은 횟수의 약탈을 할 수 있거든요. 하지만 몇 시간하다 보면 '휴식'이라는 창이 뜨면서 게임이 강제로 종료되어 버립니다. 너무 오랫동안 플레이해서 마을 주민들이 몇 분의 휴식을 원한다는 메시지와 함께 말이죠. 마을 사람들이 열심히 일하느라 지쳤다고요. 게임을 하는 사람 입장에서는 기가 찹니다. 플레이어가 쉬지 않고 게임을 하는 것이야말로 모든 개발사들이 원하는 일이지만 의도적으로 쉬게 만드니까요. 몇 분정도 잠깐 쉬고 게임을 하는데 이상합니다. 신기하게도 집중이 더 잘 되거든요. "당신의 몸은 평생토록 당신이 운반해야 할 짐이다. 짐의 용량이 초

과되면 될수록, 여행거리는 점점 짧아진다."고 말한 미국 작가 아놀드 글래소는 말처럼 몸이 쉴 수 있도록 만든 몇 분의 휴식이 게임을 조금 더 할 수 있게 만듭니다. 괜히 전 세계 상위권 매출을 올린 게 아닌 것 같습니다.

핀란드의 슈퍼셀 본사에는 페카P.E.K.K.A.카페가 마련되어 있습니다. 에스프레소 머신으로 진한 커피도 내려 마시면서 직원들도 쉴 수 있고 소규모 게임 대회가 열리는 곳입니다. 게임을 만드는 직원들도 휴식을 취하게 하고 게임 속 마을 사람들도 쉬게 만드는 슈퍼셀은 〈포브스〉가 선정한 세계에서 가장 빨리 성장하는 게임 회사라 평가 받고 일본 제일의 부자 손정의 회장이 경영하는 소프트뱅크의 자회사이기도 하답니다.

내 몸이 회복하는 과정

'휴식은 시간 낭비가 아니다. 그것은 생물학적으로 필요한 회복의 과정이며 우리 몸이 재생하고 생존하는 데 꼭 필요한 과정'이라고 《휴식》의 저자 의학 박사 매튜 에들런드는 말합니다. 휴식 과정을 통해 자신을 다시 창조하고, 다시 새롭게 한다고 말이죠.

중세 대항해 시대에서도 선원들은 긴 여행에서의 휴식을 위해 경유하는 지역의 카페에 들러 커피를 마시며 다음 항해를 준비하곤 했습니다. 몸의 휴식을 취한 후 다시금 일할 기운을 회복했던 것이었지요. 강도 높은 노동을 해야 했던 1900년대 초 공장 노동자들의 유일한 휴식 시간은 커피를 마시는 동안이었습니다. 쉬면서 기력을 회복한 후 다시 일터로 돌아갔지요. 축구 선수들이 90분 동안 뛸 수 있는 이유는 전력으로 질주한 후엔 천천히 뛰면서 호흡을 가다듬으며 휴식을 취하기 때문입니다.

권투 선수들도 3분 동안 경기를 하고 1분의 휴식 시간을 갖습니다. 쉬지 못하면 숨이 가빠 숨 쉬기도 힘들고 선수들의 멋진 경기를 원하는 관중들에게 기억에 남을 경기를 펼칠 수가 없거든요. 중간에 쉴 수 있는 시간이 있기에 회복된 체력으로 다시 멋진 퍼포먼스를 펼칠 수가 있습니다. 하물며 기계도 점검 받고 정비 받으면서 운전을 해야 고장이 덜하고 수명이 오래가잖아요. 사무실에서 일하는 직장인이나 공부하는 학생들도 시간을 따로 내서 휴식을 취합니다. 일을 하다 보면 보고서도 써지지 않는 순간이 오는데 밥 안 먹고 붙들고 있어봐야 진도도 안 나가고 머리만 무거워집니다. 공부 역시 딴 생각이 많아지면서 휴대폰으로 가십거리를 두루 살펴보게 되고, 자리에 앉아만 있다고 공부가 되는 건 아니잖아요. 이럴 때 필요한 것이 바로 휴식입니다.

에들런드 박사는 '휴식은 무엇보다 우리의 활력과 창의력을 회복시키는 적극적인 과정'이라고 말합니다. 몸과 머리에 쓸 수 있는 에너지를 비축하고 회복하는 것이라고요. 사람의 뇌에는 기초 값이 있다고 신동원 정신과 전문의는 그의 저서 《멍 때려라》에서 말합니다. 흔히 일을 시작하기 전 '멍 때리고 앉아 있다, 넋 놓고 있다.'고 말하는 순간이 뇌의 기초 값이라고 한다면 과제를 수행하면서 뇌가 활성화를 시작하게 됩니다. 외부로부터 끊임없이 자극을 받게 되면 집중력이 정점을 찍으면서 그 이후부터는 스트레스 강도만 높아질 뿐 집중력은 오히려 떨어지기만 했습니다. 이때가 뇌에게 휴식을 줌으로써 뇌의 기초 값으로 돌려야 하는 순간이라고 말합니다.

제가 회사에서 일이 풀리지 않으면 찾아가는 곳이 옥상이었습니다. 머리를 식히기 위해서요. 옥상에 저만 있는 게 아니더라고요. 건너편 건물 옥상에도 종이컵 들고 서 있는 직장인들을 보면 동병상련의 마음이 들곤 했지요. '아, 당신도?' 이러면서 말이지요. 제가 쓰는 스마트폰 메신저 네이버의 라인에는 '직딩 문 대리의 분투기'가 있습니다. 직장인의 여러 모습들을 재치 있게 표현했는데 상사에게 혼나는 모습, 일이 밀려 들어와 당황하는 모습, 일과 중 딴짓하다 걸리는 모습들이 있습니다. 그런데 혼자 고민하거나 쉬는 모습 옆엔 어김없이 커피가 있더군요. 휴식을 위한 커피 한잔의 활용을 귀여운 케릭터로 보게 되니 반가웠습니다. 문 대리처럼 회사에서 열심히 일하고 있는 동료에게 물었습니다. 커피를 왜 마시냐고 말이지요. 이 질문에 한 치의 망설임 없이 단순하고 명쾌하게 대답하더군요. "휴식이죠. 내가 쉬는 시간이요."

Relaxation 3

커피 타임
당신의 휴식처

　휴식 시간은 보통 제한되어 있습니다. 그래서 휴식 시간을 밀도 있고 의미 있게 써야겠지요. 한정된 시간 안에 휴식을 취해야 하는 곳에서 커피 타임을 갖는 것이 왜 의미가 있는지 알려주는 연구가 있습니다. 영국 공무원 만 명을 대상으로 진행한 화이트홀 연구입니다. 영국 관청이 밀집된 런던의 거리 이름을 따서 붙여진 이름입니다. 영국의 병리학자 마이클 마멋의 연구 결과에 따르면 위계질서의 말단에 위치한 하급관리들은 한 부서의 장을 맡고 있는 관리들에 비해 3배나 자주 아팠고, 혈액 검사 소견이 나쁘고, 심근경색 위험 등 건강 상태가 좋지

않았다고 합니다. 결과의 특이한 점은 고위공무원과 신입공무원 사이에서
만 나타난 것이 아니었습니다. 서열이 두 번째라도 한 단계 위의 상사들과
비교해서는 상대적으로 건강 상태가 좋지 않았던 것이었습니다. 연구진들
은 이런 현상들을 설명해줄 정신적인 요인들을 찾아 나섰습니다. 연구 끝
에 내린 결론은 사람들이 자신의 시간을 스스로 통제하지 못하는 상황들이
스트레스를 유발했다는 것이었습니다. "나는 휴식 시간을 마음대로 정할
수 없다."와 같은 심리적인 요인들이 문제였습니다. 눈치 보면서 쉬고 싶을
때 쉬지 못한다는 것에 대한 스트레스였지요. 학생들은 공부하다 자율적으
로 나와 커피를 마시면서 쉴 수 있지만 상대적으로 시간 제약과 눈치를 받
는 것은 직장인들입니다. 하지만 많은 직장인들이 커피를 필수적으로 마시
기 때문에 상사들도 부하직원들이 커피를 마시는 것에는 보편적으로 관대
한 편입니다. 할 얘기가 있으면 따로 불러내 함께 커피를 마시면서 이야기
를 나누잖아요. 커피 마시면서 휴식을 취하는 것을 적극적으로 권장하는
회사가 있는 반면에 그렇지 않은 회사도 있고 문화마다 모두 다를 겁니다.
하지만 물을 마시러 가는데 가지 말라고 하는 곳은 없지 않을까요? 현대사
회는 커피를 물처럼 자연스럽게 대하는 요즘이잖아요. 그래서 그나마 직장

인들에겐 눈치 덜 보고 잠깐 쉴 수 있는 시간이 커피 한잔 마시는 시간일지 모르겠습니다. 커피를 마시는 문화가 주는 기회를 이때 활용하는 것입니다. 휴식의 자유도 커피를 통해 스스로 만들어보는 것이지요.

철학자 버트런드 러셀은 그의 저서 《행복의 정복》에서 우리의 삶에는 반드시 자유가 필요하다면서 문명화된 사회 속에서 열정을 잃게 되는 주된 원인은 바로 자유에 대한 제한이라고 말합니다. 그래서 회사나 대학교에 필수적으로 마련된 곳이 휴게실입니다. 잠시 머물면서 쉴 수 있도록 말입니다. 하던 일을 멈추고 몸을 편안한 상태로 만들어 힘을 재생산할 수 있도록 도와주는 것이 휴게실의 목적이거든요. 휴게실에서 커피 한잔 마실 시간에 신발 위로 양말 살짝 보이게 벗어놓고 물이나 커피를 한 모금씩 마시면 몸도 쉬고 뇌도 쉴 수 있겠지요. 이처럼 내 몸을 관리할 수 있는 휴식이 필요한 이유는 몸이 있어야 나도 존재할 수 있기 때문입니다. 몸이 없으면 행복을 느끼거나 생각할 수 있는 정신도 없게 되잖아요. 언제든 몸이 건강한 상태가 되도록 유지하는 것은 중요합니다. 이에 대해 박완서 작가는 그의 저서 《호미》에서 "젊었을 적의 내 몸은 나하고 가장 친하고 만만한 벗이더니 나이 들면서 차차 내 몸은 나에게 삐치기 시작했고, 늘그막의 내 몸은 내가 한평생 모시고 길들여온, 나의 가장 무서운 상전이 되었다."고 말합니다.

나를 위한 휴식은 재생산의 과정이기 때문에 꼭 필요한 활동입니다. 커피를 통해서 휴식의 기회를 만들고 자유 시간을 확보할 수 있다는 심리적 편안함까지 얻을 수 있고요. 여유가 삶의 질을 위한 정서적 안정의 시간이라면 휴식은 내 몸의 재생산을 위한 필수적 시간입니다. 인기 많았던 TVN 드라마 〈미생〉에서는 회사를 전쟁터라고 말하더군요. 요즘은 대학도 회사 못지않은 전쟁터 같습니다.

"쏟아지는 비, 질척대는 진흙, 대포의 굉음 속에서도 나는 정말 행복하다. 단 1분이면 내 작은 석유 히터에 불을 켜서 커피를 타 마실 수 있다."

제1차 세계 대전에 참전한 어느 한 보병이 1918년에 참호 근무를 하면서 쓴 글이라고 합니다. 목숨을 보장할 수 없는 곳에서 지치고 힘든 몸을 쉴 수 있게 해주었던 커피 한 잔의 휴식이 이름 모를 보병에겐 큰 행복이었나 봅니다. 그 커피 한 잔이 커피 잔을 든 사람에게 휴식할 수 있는 자유를 주는 것이었지요. 커피는 아낌없이 주는 나무처럼 언제든 곁에 와 쉬라고 말해주는 마음의 의자가 되어 줄 것입니다. 그리고 커피는 휴식의 자유입니다.

알아두면 유익한 좁고 얕은 커피상식

• 커피를 마시면 다이어트가 되나요? •

동경자혜의과대학교 임상연구의학 스즈키 마사토 교수는 카페인이 지방을 분해한다는 연구 결과를 내놓았습니다. 스즈키 마사토 연구팀은 5주 동안 운동만 했을 때 내장지방 54퍼센트 감소, 운동을 병행하면서 커피를 마셨을 땐 지방이 60퍼센트가량 감소했음을 밝혀냈습니다. 스즈키 마사토 교수는 커피를 마신 지 30분부터 약 세 시간 정도 카페인의 효과가 유지된다고 하니 그 사이에 운동을 하면 효과를 볼 수 있다고 말합니다. 여기서 말하는 커피는 식품의 원재료만으로 추출한 원두 커피를 말합니다. 원두 커피 한 잔엔 약 10kcal 정도의 열량이 있다고 하는데요. 커피를 들고 100미터만 걸어가도 소모되는 열량입니다. 그리고 야외에서 운동을 하신다면 주의할 점이 있습니다. 커피는 이뇨작용을 도와 노폐물을 밖으로 빼주는 역할도 하는데요. 만약 화장실이 멀리 떨어진 곳에서 커피를 많이 마시고 운동을 한다면 곤혹스러운 일이 벌어질 수 있답니다.

CHAPTER

각성

AWAKE

아무리 좋은 것도 과하면 독이 되듯 지혜롭게 활용할 수 있을 때
커피는 우리의 능력을 활성화하는 검은 묘약이 될 것입니다.

Awake 1

인간 정신의 가속 장치

1777년 독일의 프리드리히 대왕은 일부 정부 시설을 제외하고는 커피의 로스팅을 금지했습니다. 16세기 독일에 들어온 커피는 바흐나 베토벤이 즐겼던 것처럼 국민들 사이에서 매우 인기가 높았거든요. 황제는 독일의 국민음료인 맥주의 소비가 줄어들자 위협을 느끼며 맥주를 애용하라고 선포를 한 것이었지요. 사람들은 커피를 끊기 어려워 몰래 마시는 사이에 누가 커피를 볶는지 잡아내기 위한 감시원들이 돌아다니기도 합니다. 그래도 커피의 인기는 식을 줄 몰라 부인들끼리 몰래 커피를 마시며 수다를 떠는 '카페클라츠kaffeeklatch' 문화가 생겨나게 되지요. 독일은 역사적으로도 커피를 마시지 못하게 한 적이 있었는데 게르하르트 J. 레켈의 장편소설인 《커피향기》에서도 다시금 커피를 마시지 못하게 하려는 음모가 나옵니다. 도대체 누가 사람들로 하여금 커피를 마시지 못하게 하려는지 소설 속으로 들어가 보겠습니다.

독일 베를린의 어느 겨울날입니다. 여느 날처럼 도심 카페에서 따뜻한 커피를 마시던 사람들이 급작스런 중독 증세를 보이며 병원으로 실려 갑니다. 250명이 넘는 사람들이 실려와 병원은 북새통이 됩니다. 커피 사건이 뉴스에 속보로 나오면서 사람들은 커피 마시는 것을 두려워하고 꺼려하게 됩니다. 어느 누군가가 사람들로 하여금 커피를 마시지 못하게 하려고 음모를 꾸민 것이었습니다. 해당 사건의 음모를 꾸민 배후 중 하나는 '시간늦추기협회'였습니다. 이 기관은 선진국의 사회 속도를 늦추어 각 나라 간의 발전 속도를 균형 있게 맞추는 것이 목표였습니다. 가난과 풍요, 지식과 무지, 수명의 길고 짧음 사이의 차이를 해소해야 세계 평화가 지속될 수 있다고 말이지요. 협회에서 연구를 의뢰 받은 돔 마이어 교수는 '커피가 사회경제의 발전 속도에 미치는 영향'이란 논문을 발표하게 됩니다.

　　논문에서 밝혀진 주요 내용은 커피가 있는 곳에서는 어디든지 가속과 변화와 발전이 있었다는 것입니다. 독일의 산업혁명과 경제 발전을 자극했던 것을 포함해서 말이죠. 논문의 결론은 사회 발전 속도를 늦추려면 인간 정신에 가장 강력한 촉매제이자 가속 장치 구실을 하는 무언가를 사람들에게서 빼앗아야 한다고 조언하는데 그것이 바로 커피였던 것입니다. 소설 속 이야기였지만 실제 17세기에 유럽으로 커피가 전파되고 얼마의 시간이 흐른 후 문학의 부흥과 더불어 산업기술 발전의 초석을 보인 시기와 공교롭게도 함께 맞물려 있네요. 커피의 어떤 힘이 사람들로 하여금 변화를 촉진시키게 했는지 한번 살펴보겠습니다.

Awake 2

커피는 힘이다

전 세계적으로 커피는 석유와 더불어 교역량이 많은 상품으로 알려져 있지만 서로 비슷한 점도 있습니다. 그것은 바로 힘이라는 공통점입니다. 석유는 세계를 움직이는 힘이고 커피는 사람의 생각과 몸을 움직이는 힘입니다. 커피의 어원으로 널리 알려진 '카파Kaffa'는 커피가 처음 발견된 에티오피아의 지역 이름이기도 하지만 힘을 뜻하는 아랍어이기도 합니다. 커피를 힘의 어원으로 삼은 이유는 마시고 나면 평상시완 다르게 기운이 솟았기 때문으로 전문가들은 추측하고 있습니다. 카페인 성분이 사람 몸의 움직임을 지시하는 중추신경계를 자극하면서 신진대사를 활성화시키는 각성 효과 때문입니다. 흔히 말하는 '깨어있다'라고 말하는데요. 사람의 몸과 두뇌가 활동하기 좋은 상태로 유지되는 것입니다.

세계 각지에서 자라고 있는 커피나무, 콜라나무, 차나무, 카카오, 마테에도 천연 카페인이 존재합니다. 옛 사람들은 이런 카페인을 각 문화 별로 다양하게 섭취해 왔다고 합니다. 기원전 3000년경 안데스 산맥의 원주민은 높은 고도에서의 격렬한 육체노동을 견디기 위해 카페인이 든 코코아 잎사귀를 씹었다고도 합니다. 카페인을 자신들의 일을 완성하기 위한 용도로 활용한 것이었지요. 현대인들이 커피를 자주 찾는 이유 중 하나도 고된

작업을 견디기 위해 카페인에 의존하고 있는 부분도 있잖아요. 예로부터 사람들 가까이에서 힘이 되어준 카페인이 이젠 커피라는 모습으로 함께하는 존재가 되었지요.

사람들이 이루어낸 화려한 성과 뒤에는 단순하고 반복적이며 지루하고 힘든 일들이 숨어 있잖아요. 미래를 기획하는 창조적인 상상력도 물론 중요하지만 그것들을 실제로 만들어내기 위한 수많은 작업들이 반드시 필요합니다. 그 일을 꾸준히 지속해 갈 수 있도록 몸과 마음에 에너지를 공급해주고 여유와 휴식을 주는 것이 커피가 하는 일입니다. 현대사회에서의 커피는 사람들이 각자의 미래를 열어가기 위한 노력에 힘을 보태 주는 존재가 된 것이지요. 다른 말로 표현해보자면 커피는 미래를 만드는 힘의 원동력입니다. 이런 커피가 사람의 몸과 정신에 어떤 도움을 주고 있는지 알아봐야겠습니다.

뇌의 각성, 꿀벌도 똑똑해진다

커피를 마시는 이유 중 하나는 일이나 공부를 할 때 졸음도 쫓고 집중하기 위해서입니다. 카페인의 효능을 이론적으로는 잘 몰랐어도 본능적으로 몸은 뇌 기능을 활성화하기 위한 에너지를 원하고 있었던 것이지요. 머리가 맑아지면 어떤 일에 집중하게 되면서 시간 가는 줄 모르잖아요. 유럽의 학술 저널리스트인 슈테판 클라인은 커피는 시간을 가속시키는 심리적인 효과가 있다고 말합니다. 사람들이 일할 때 목표에 집중할 수 있도록 도와주기 때문인데요. 말하자면 시간이 어떻게 흘렀는지 모를 만큼 커피가 사람을 몰두시켰다는 이야기입니다.

미국의 심리학자인 리처드 블록도 커피 한 잔에 들어갈 수 있는 200mg 정도의 카페인을 복용한 사람은 시계로 측정될 수 있는 물리적인 시간보다 50퍼센트 정도 짧게 느꼈다고 합니다. 사람들이 흔히 말하는 몰입이라는 경험을 커피를 마심으로써 구현할 수 있었던 것입니다. 1880년대 후반에 시작한 코카콜라의 광고도 느려진 사고력을 다시 빨라지게 해준다는 카페인의 효능을 앞세워 소비자를 유혹했었지요. 커피에 들어있는 천연 물질 카페인은 사람에게만 영향을 끼친 것이 아닙니다. 소량의 카페인을 마신 꿀벌이 꽃향기를 더 잘 기억한다는 실험 결과를 영국 뉴캐슬대 신경과학연구소의 과학자들이 밝혀냈습니다. 특정한 꽃향기를 찾는 실험이었는데 카페인을 마신 꿀벌이 안 마신 꿀벌보다 3배가량 더 잘 기억하는 능력 차이를 보였습니다. 카페인이 꿀벌의 장기기억 형성에 영향을 준 것이었습니다. 식물들이 자연에서 카페인을 활용하는 이유는 이로운 곤충들이 자신에게 자주 찾아온다면 자기 꽃가루를 곤충에게 자주 묻혀 후손을 퍼뜨릴 확률이 더 높아졌기 때문이라고 합니다. 인류가 카페인을 활용하기 전부터 식물은 이미 생존의 수단으로써 오래전부터 카페인을 활용해오고 있었던 것이지요.

Awake 4

몸의 각성
운동경기 준비 끝

커피의 카페인이 두뇌에 영향을 미친다면 사람의 몸에는 어떨까요? 캐나다 맥마스터 대학의 소아과 의사인 마크 타노폴스키는 카페인을 복용한 사람의 근육이 더 큰 힘을 낸다는 것을 발견한 카페인 연구자입니다. 카페인은 사람들이 피곤해하고 있다는 신경의 신호를 차단하고 사람의 근육엔 더 많은 연료를 공급하고 있었다고 합니다. 마크는 의사이기도 하지만 포장되지 않은 거친 산길을 달리는 러닝대회와 동계철인3종경기의 국제대회에 출전하는 선수이기도 합니다. 그는 경기 시작 한 시간 전에 한 잔의 커피를 큰 컵으로 마시는 것이 경기 출전을 위한 준비하고 말합니다. 육체의 활동량을 높이는 각성 효과를 기대하면서 말이지요. 이에 대해 미국스포츠협회에서도 카페인에 대해 합리적으로 허용될 수 있는 수준은 일반적으로 마시는 커피 정도라고 말하면서 다른 선수와의 경쟁에서 우위를 차지하기 위해 의도적으로 카페인을 섭취하면 안 된다고 말합니다. 왜냐하면 카페인을 섭취했을 때 운동 수행 능력이 무려 3퍼센트나 향상된다는 것을 미국 아칸소 대학의 운동 생리학자인 매튜 가니오와 에반 존슨이 연구를 통해 밝혔기 때문입니다. 촌각을 다투는 스포츠 경기에서는 결코 무시할 수 없는 수준이었습니다. 이어서 카페인은 몸의 거의 모든 부분에 영향을 미치는 대단히 독특한 성분이라면서 어떤 면에서는 경기력 강화 약물이라고 말합니다. 효과는 이미 검증되었다고 말이지요. 저도 무에타이 대회에 출전하기 위해 훈련할 때면 힘을 더 내기 위해 커피를 마시곤 했습니다. 회사 퇴근 후 기진맥진한 터라 균형 잡힌 식사의 힘도 중요했지만 커피의 힘도 무시 못했거든요. 체중 감량을 위해 크림이 든 열량 높은 커피 말고 시원한 아메리카노만 마셨답니다.

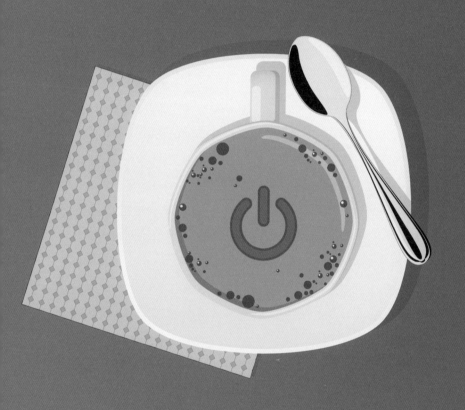

현명하게 다스려야 할
신비의 묘약

회사를 다니면서 무에타이 선수로 활동할 때 가장 곤혹스러운 순간은 잠을 잘 때입니다. 한참 잘 자고 있을 때 다리 근육이 뭉쳐 고통스럽게 깨어난 적이 종종 있었거든요. 별의별 희한한 자세로 이리저리 뒹굴다 보면 아픔이 사라지곤 했습니다. 한번은 잠이 깨서 말똥말똥한 눈으로 지새다 출근을 한 적이 있었는데 하루가 괴롭더군요. 하루만 제대로 잠을 못 자도 힘이 드는데 며칠을 지새워야 한다면 고통은 이루 말할 수가 없겠지요. 이걸 훈련하는 집단이 있습니다. 바로 미 해군 특수부대인 SEAL인데 미군 내에서도 최정예 부대로 꼽힙니다. 훈련기간 중에 가장 힘겹다는 지옥 주간에는 장정들의 한계까지 밀어붙이는 극한의 훈련을 실시한다고 합니다. 이때 미 육군 심리학자 해리슨 리버만은 극심한 스트레스와 수면 부족 상태에 놓인 군인들을 대상으로 카페인 연구를 했고 다음과 같은 결론을 내렸습니다. "가장 힘겨운 상황에서도 적당량의 카페인은 각성 상태, 학습 기억, 기분을 포함한 인지 기능을 개선할 수 있다. 심각한 스트레스에 노출된 상황에서 이러한 인지 수행을 유지해야 할 때는 카페인 투여가 큰 도움이 될 수 있다. 이런 상황에서는 200mg이 최적의 1회 분량으로 보인다."라고 말입니다. 일반적으로 마시는 커피 한 잔에 들어갈 수 있는 양입니다. 이건 마치 커피가 다른 사람으로 변신시켜 놓는 것 같네요. 가끔은 지금의 모습보다 뛰어난 능력을 발휘하면서 못 해본 일들을 하는 상상을 해보곤 하지요. 잘 맞는 영화가 하나 있습니다. 닐 버거 감독의 영화 〈리미트리스〉입니다. 내용은 뇌 기능을 100퍼센트 발휘하게 해주는 'NZT'라는 신약을 둘러싼 이야기입니다. 별 볼 일 없는 작가인 에디는 우연히 'NZT'를 얻게 되고 평소 한 줄도 쓰지 못한 소설을 하루 만에 매력 넘치게 써냅니다. 경제 흐름도 파악해 큰 돈을 벌기도 합니다. 뇌 기능을 활성화시켜 불가능한 일들을 해내는 것은 영화에나 나올 법한 이야기입니다. 하지만 평소 마시는 커피 한잔은 'NZT' 처럼 불가사의한 힘을 가진 약은 아니지만 우리네 삶 속에서 충분히 그 역할을 다하고 있습니다. 자기가 발 디딘 자리에서 우뚝 설 수 있게 말이지요.

《러쉬》의 저자인 토드 부크홀츠는 행복은 바쁘게 움직이는 데서 온다고 말하는데요. 어찌 보면 바쁘게 움직인다는 것은 자신이 가지고 있는 능력을 모두 발휘한다는 뜻이기도 합니다. 사람이 가지고 있는 탁월하고 유능한 성질을 발휘할 때의 기쁨을 그리스어로 '아레떼'라고 말합니다. 아리스토텔레스는 자신의 기능이 모두 구현되고 발현되는 '아레떼'야말로 행복이라고 말했습니다. 행복은 삶의 목적이라고 말한 아리스토텔레스의 이야기는 자신이 가지고 있는 잠재 능력을 개발하고 좋은 영향력을 끼치면서 사는 것을 뜻합니다. 커피는 그런 삶을 살 수 있도록 도와주는 역할을 해왔는지도 모르겠습니다. 영화로 돌아와 능력을 초월하게 만드는 'NZT'를 남용한 주인공 에디는 결국 위기를 맞게 됩니다. 커피 역시 마찬가지라 각성 효과를 보기 위해 남용한다면 영화 속의 에디와 다를 바가 없겠지요.

17세기 프랑스 몽펠리에 대학교의 제임스 덩컨은 그의 저서 《뜨거운 음료를 건강하게 마시는 법》에서 커피는 독약이 아니듯, 만병통치약도 아니라는 입장을 밝혔습니다. 17세기 영국의 의학자 조지 체인도 "커피를 찬양하지도, 그렇다고 혹평하지도 않겠다"고 말했지요. 신경 심리학자 스콧 킬고어는 커피에 든 카페인의 장점을 취하려면 현명하게 이용하는 것이 가장 좋은 방법이라고 조언합니다. 아무리 좋은 것도 과하면 오히려 독이 됩니다. 지혜롭게 사용하고 활용할 수 있을 때 커피는 우리들의 능력을 잘 발휘할 수 있도록 촉진시켜줄 검은 묘약이 될 것입니다. 프랑스의 기념비적인 저작 《프랑스사》의 저자 미슐레는 이렇게 말합니다. "빛나는 정신의 출

현, 그 명예의 한 부분은 의심의 여지없이 시적 행운의 혁명, 새 풍속을 만
들고 사람들의 기풍을 바꾼 큰 사실, 즉 커피의 유행에 돌려야 할 것이다.”
내 삶의 기풍을 가꾸고 행운의 혁명을 이어가기 위해서라도 커피는 현명하
게 다스려야 할 마법의 묘약입니다.

알아두면 유익한 좁고 얕은 커피상식

• 디카페인 커피에는 카페인이 전혀 없나요? •

커피를 마시기 꺼려하는 이유 중 하나는 커피 속에 포함된 카페인 때문일 수 있습니다. 카페인의 약리작용 때문에 일부 사람들은 카페인이 없는 디카페인 커피를 골라 마시기도 하지요.《커피는 과학이다》의 저자 이시와키 도모히로는 카페인을 90퍼센트 이상 제거한 커피를 '디카페인 커피' 또는 '카페인 없는 커피'라고 표기할 수 있다고 말합니다. 아무리 디카페인 커피라고 해도 소량의 카페인이 포함되어 있는 경우가 있겠지요. 이것을 확인할 수 있는 가장 좋은 방법은 얼마큼의 카페인이 제거되어 있는지를 제품 표기에서 확인하는 것입니다. 제가 가지고 있는 커피 중에 디카페인 커피가 있는데요. 겉 포장을 보니 카페인이 무려 99.7퍼센트가 제거되어 있다고 쓰여 있답니다. 카페인 제거 방법에는 물과 이산화탄소를 활용하는 방법들이 있는데요. 두 가지 방법 모두 주요 성분과 향미를 잃는 일 없이 카페인만 제거된다고 하니 커피의 맛은 크게 차이가 없다고 합니다.

CHAPTER

글쓰기

WRITING

커피 한 잔을 앞에 두고 가슴속 깊은 곳에 숨겨둔 감정들을 꺼내보세요.
새롭고 즐거운 감정들이 들어올 자리를 만들며
과거의 기록도 쌓이게 됩니다.

치유의 글쓰기에서
명작이 탄생하다

영국에서 회사를 다니는 젊은 여직원이 다가오는 점심시간을 애타게 기다리고 있습니다. 그녀는 《해리 포터》 시리즈로 영국 여왕보다 부자가 된 조앤 K. 롤링입니다. 보통 점심시간이라고 하면 무엇을 먹을까를 더 많이 고민하잖아요. 조앤은 기다리는 이유가 조금 특이했습니다. 회사 근처에 있는 카페에서 커피 한잔 시켜 놓고 글을 쓰기 위해서였습니다. 직장생활이라는 것이 어디든 쉽지 않잖아요. 조앤은 일도 적성에 맞지 않아 적응하기도 힘들었고 사랑하는 가족도 몸이 아파 마음이 무척 심란했습니다. 마음을 진정시키고 스스로 위로를 받는 유일한 시간이 카페 구석에 앉아 향긋한 커피 한 모금과 함께 자신의 생각을 글로 적는 일이었습니다. 사랑하는 남자를 만나 결혼을 하고 자신의 딸 제시카도 낳았지만 무심한 남편에 지쳐 결혼생활을 시작한 지 얼마 되지 않아 이별을 하고 맙니다. 갓난아기인 제시카를 데리고 고향 스코틀랜드로 돌아왔지만 앞으로 어떻게 살아야 할지 막막하기만 합니다. 그때마다 조앤에게 힘이 되어준 것은 짬을 내서 글을 쓰는 일이었지요. 남은 돈이 없으니까 직장을 구해야 하잖아요. 딸을 키워야 하니까요. 하지만 일과 글 이 두 가지 선택의 순간에 그녀는 글쓰기를 선택합니다. 단 1년 만이라도 자신에게 힘이 되어주었던 이 이야기를 완성하자고 말이죠. 정부 보조금을 신청하는 과정은 매번 굴욕적이었고 조앤을 의기소침하게 만들었습니다. 게다가 냉기가 도는 원룸 아파트에선 도저히 글을 쓰는 영감을 얻기가 어려웠지요. 그래서 딸을 유모차에 태우고 동네 카페로 향합니다. 이곳저곳을 돌아다니다가 마음에 드는 니콜슨 카페를 발견하고 에스프레소 커피 한 잔에 의지하며 지금껏 못다 했던 이야기를 완성해가기 시작합니다. 한 손엔 제시카를 태운 유모차를 밀면서 다른 한 손으론 해리 포터에게 빗자루를 타고 날아다니는 새로운 세상을 하루하루 열어주게 됩니다. 조앤이 글을 쓴 이유는 단 하나였다고 말합니다. 자기 자신을 위해서라고요. 해리 포터의 모험담을 쓰는 과정 그 자체가 재미있고 즐거웠다고 말이죠. 조앤은 글쓰기라는 출구를 통해 그 힘든 시기를 견뎌낼 수 있었습니다. 제시카의 미소와 커피 한 잔을 친구 삼아 자신의 마음을 치유하는 글쓰기에서 시대의 명작은 탄생할 수 있었던 것입니다. 강원

"생각이 정리되고 공부가 된다. 위로와 평안을 준다. 용기를 얻는다. 무엇보다 나를 들여다보게 된다. 스스로 성찰하게 된다. 가슴속에 맺힌 것이 풀린다."

국 전 대통령 연설비서관은 그의 저서《대통령의 글쓰기》에서 글을 쓰는 일은 그 자체로 많은 것을 준다고 말합니다.

겨울에도 온갖 풍상을 참고 이겨내는 인동초로 비유되었던 김대중 전 대통령은 어려운 일이 있을 땐 백지 한 장을 책상 앞에 두었다고 합니다. 종이를 반으로 접어 한쪽에는 지금 닥친 어려운 일을 적고 나머지 한쪽에는 다행스럽고 감사한 일을 적었다고요. 적다 보면 한쪽만 채워지는 경우는 없었다고 "어려운 일이 있으면 반드시 좋은 일도 있다."면서 사는 것이 그런 것 같다고 말합니다. 그에게도 글쓰기란 힘든 시기를 보내면서도 감사함을 찾고 행복한 일이 무엇인지를 찾아보는 치유의 과정이었습니다.

다이어리로 행복 점검하기

연말이면 스타벅스에서는 매년 다이어리 이벤트를 진행합니다. 벌써 십 년이 넘었지만 소위 '핫'한 아이템이라 갖고 싶어 하는 사람들이 많습니다. 다이어리를 내놓을 때마다 전년도의 소진 속도를 넘어서고 있다고 하네요. 뿐만 아니라 연말이나 연초가 되면 대형 서점에도 다이어리를 고르고 사려는 사람들로 가득합니다. 기록하고 쓴다는 것에 대한 사람들의 열망이 있다는 이야기겠지요. 다이어리가 워낙 인기가 많다 보니 브랜드 카페인 할리스, 투썸플레이스, 이디야, 카페베네에서도 다이어리 이벤트를 진행하고 있습니다. 카페에서 다이어리를 나눠주는 이유를 곰곰이 생각해보니 간단하더군요. 커피 마시는 시간에 글을 쓰라는 이야기 아닐까요? 차분히 앉아 혼자 복잡해진 머릿속 생각들도 정리해보고 오늘 할 일이나 기억하고 싶은 일들 그리고 앞으로의 일들도 써보라고 말이지요.

《인생학교 정신》의 저자이자 심리치료사인 필립파 페리는 꼬박꼬박 감사 일기를 쓰며 고마운 일들을 쭉 나열하는 사람들은 삶과 대인관계에 대한 만족도가 높다고 말합니다. 심지어 건강에도 좋다고 말하는데요. 간 기능이 향상되고 높아진 혈압이 정상으로 돌아오는 효과가 있다고 합니다. 일기를 꾸준히 쓰는 사람들은 그렇지 않은 사람들에 비해 병원에 입원한 횟수가 적고 입원 기간도 짧다고 말이지요. 이와 비슷하게 텍사스의 심리학자 제임스 페니베이커도 대학생들에게 자신의 감정을 글로 표현하게 하는 일기를 꾸준히 쓰게 했습니다. 결과를 보자면 일기를 쓴 학생들은 몸과 마음이 더 건강해지는 것은 물론 시험 성적도 더 높았다고 합니다. 감정을 처리하는 글쓰기의 순기능 때문이었습니다. 글을 쓴다는 것은 자신의 생각과 감정을 표현하는 일이잖아요. 가슴속 깊은 곳에 숨겨진 감정들을 분출시키면서 쌓아두지 않고 처리해가는 것이지요. 마음에 쌓아둔 감정의 불량 재고품들을 글쓰기를 통해 신속하게 배출해 내는 것입니다. 새롭고 즐거운 감정들이 들어올 자리를 마련하면서 과거의 기록들이 쌓이게 됩니다. 《나를 일깨우는 글쓰기》의 저자 로제마리 마이어 델 올리보는 '글쓰기는 자신을 투영하는 거울이자 살아온 날들의 구체적인 거울인 셈'이라고 말합니다. 다른 말로 표현하자면 나의 역사거든요. 스스로의 역사를 기록하는 일이 글쓰기를 통해 이루어지는 것이고요. 그 역사가 내가 앞으로 가야 할 길이 어두워 앞이 잘 보이지 않을 때 큰 힘이 되어주는 것입니다. 그림 형제의 동화 《헨젤과 그레텔》처럼 말이지요.

헨젤은 우연히 새엄마의 '숲 속에 남매 버리기' 계략을 엿듣게 됩니다.

숲 속에서 길을 잃게 만들어 집으로 돌아오지 못하게 말이죠. 헨젤은 조약돌을 주머니에 모아 두었다 숲으로 따라 들어가면서 몰래 길가에 뿌려둡니다. 어두운 밤이 되고 숲에 남겨진 헨젤과 그레텔은 달빛이 환해져 조약돌이 빛나기만을 기다립니다. 남매는 반짝이는 조약돌을 보면서 집으로 무사히 돌아갈 수 있었지요. 인생이라는 길에 글쓰기는 마치 조약돌을 뿌리는 것과 같습니다. 나의 추억, 기억, 감정, 생각, 아이디어, 좌절, 슬픔, 미움, 꿈, 희망들이 글로 남겨지니까요. 내가 살아오고 살아갈 모든 일들이 나의 글 안에서 녹여집니다. 야누스를 '지혜의 신'이라고 부르는 이유는 두 개의 얼굴 중에 하나가 과거를 바라보고 있기 때문입니다. 앞을 볼 수 있는 혜안은 과거를 살펴보면서 생기기 때문입니다. 지금까지 지내왔던 삶을 돌아보면 앞으로의 삶도 어느 정도 예상할 수 있지 않을까요? 글을 쓴다는 것은 과거를 살펴보면서 미래까지 아우르는 일이니까요. 신학자 프레드릭 뷰크너는 이렇게 말했습니다.

"지금 나의 가슴을 뛰게 하는 것은 지나온 길이 아니라
앞으로 나아갈 길이고, 내가 지나온 길을 철저하게 파헤치는
가장 큰 이유는 앞으로 나아갈 방향에 대한 단서를 얻기 위해서이다."

축구 경기에선 전반전이 끝나면 10분의 하프타임을 갖습니다. 지금까지 해왔던 내용들을 살펴보면서 다가올 후반전을 준비하는 시간입니다. 하프 타임을 어떻게 갖느냐에 따라 경기의 승패가 갈리기도 합니다. 글을 쓴다는 것은 인생이란 경기장에서 매일 나의 일상과 행복을 점검해보는 시간을 갖는 것과 같지 않을까요?

Writing 3

끄적거림

　프랑스 파리로 여행을 떠난 어니스트 헤밍웨이는 뒤 코메르스 카페에서 편히 앉아 쉬다가 밀크커피를 주문하고는 주머니에서 수첩과 연필을 꺼냅니다. 그러곤《노인과 바다》의 일부분을 써 내려갑니다. 훗날 헤밍웨이가 회상하길 그곳은 즐거움이 있는 카페였다고 말합니다. 커피를 마시면서 글을 쓰는 것이 즐거웠다고 말이지요. 사실 작가처럼 일부러 시간을 내서 쓴다는 것이 조금 부담스러울 수 있습니다. 소설과 시나리오를 쓰는 전문적인 글쓰기를 하는 것이 아닌 이상 말이지요. 그래서 일상에서의 소소한 일들을 편안하게 적으면서 시작해 보는 겁니다. 3~4줄 정도로 짧게 써도 좋은 일기처럼 말이죠. 쓰는 방법은 초등학교 때 이미 배웠습니다. 매일 숙제 확인도 했지요. 그땐 시켜서 쓴 것이라면 지금은 나를 위해 스스로 쓰는 것이겠네요. 해결하고 싶은 고민이나 사업 아이디어가 떠오른다면 메모지나 냅킨에 써도 괜찮습니다.

　　스타벅스 카페를 즐겨 찾는다는 이노디자인의 김영세 대표는 커피 마시면서 머릿속에 떠오르는 생각들을 써본다고 합니다. 냅킨에다가 메모했던 작은 그림 하나가 훗날 12억 원의 가치를 지닌 디자인이 되기도 했지요. 폼 잡고 거창하게 쓰려고만 하지 않는다면 부담스럽지 않을 겁니다. 한 줄만 써도 되거든요. 누가 자신의 글을 볼까 겁이 난다면 종이를 구겨 버리면 됩니다. 카드 영수증 찢듯 갈기갈기 조각내어 휴지통에 버립니다. 아무도 볼 수가 없습니다. 제가 종종 애용하는 글쓰기 방법인데 마치 '임금님 귀는 당나귀 귀'를 외치는 것처럼 후련합니다. 감정을 속에 담아 두고 있기 보단 글을 이용해 밖으로 토해내는 것이 그렇게 시원할 수가 없습니다. 강의를 할 때면 학생들에게 작은 포스트잇 종이에 감사한 일들을 적어 보게 합니다. 얼굴을 보면 새침한 표정입니다. 지금 난 행복하지 않은데 무슨 뚱딴지 같은 소리냐는 모습입니다. 그럴 때면 웃으면서 한 개라도 좋으니 한번 적어보라고 합니다. 머뭇거리다가 적기 시작하는데 꽤나 몰입해서 씁니다. 다 쓰고 나면 학생들 스스로 놀라는 경우가 많습니다. 자신이 생각했던 것보다 감사한 일들이 많았기 때문입니다. 쓰기 전까지는 하나도 없을 것 같았는데 말이지요. 큰 종이에 쓰려면 부담이 되니 이처럼 작은 종이에 가볍게 시작하는 것도 나쁘지 않은 방법입니다. 글을 쓴다면 일기 같은 자유로운 글쓰기뿐만 아니라 편지와 그림 그리기 등도 좋겠습니다. 표현하는 것은 자유니까요. 생각할 거리가 있을 때 또는 감정과 마음을 정리해 보고 싶을 땐 부담 없이 커피 한잔 준비하면서 써보는 겁니다. 볼테르, 발쟈크, 장 폴 사르트르, 헤밍웨이가 글을 쓰기 위해 커피를 즐겼던 것처럼요. 마음을 차분하게 만들어주는 커피와 함께 글을 쓰는 것도 제법 잘 어울립니다. 하긴 커피는 뭐든 잘 소화해내지요.

《상실의 시대》,《노르웨이의 숲》,《해변의 카프카》 등을 써낸 무라카미 하루키는 사랑하는 아내 다카하시 요코와 '피터 캣'이라는 재즈카페를 오랜 시간 운영하다가 글을 써야겠다는 생각을 하게 됩니다. 하루키는 매일 일과를 마치고 재즈카페가 문을 닫으면 카페에 홀로 남아 하루 30분 동안 생각나는 것들을 종이에 써 내려갔다고 합니다.

'나도 써볼까?' 라는 생각이 든다면 하루키처럼 하루 30분 정도 자신에게 시간을 내주는 것은 어떨까요? 프랑스 철학자 미셸 드 몽테뉴는 그의 저서 《수상록》에서 이렇게 말합니다. "나는 달리 쓸 만한 소재가 없어 나 자신을 주제로 삼았다."고 말이지요. 내 삶이 하나의 소설이잖아요. 무엇이든 써보고 싶다는 마음이 일면 커피를 준비해보는 겁니다. 작은 메모지와 펜도 함께요. 기록하지 않으면 사라져 버리니까 말이지요.

알아두면 유익한 좁고 얕은 커피상식

• 카페에 가면 블렌딩 커피와 싱글 오리진 커피라고 쓰여 있는데 무엇인가요? •

원산지가 다른 원두를 섞어 새로운 맛과 향을 가진 커피로 재탄생시키는 것을 블렌딩이라고 합니다. 개성이 다른 원두를 혼합해 특색 있는 맛을 창조하는 기술이기 때문에 원두와 원산지에 대한 지식이 깊어야 합니다. 블렌딩을 통해 고객들이 원하는 맛을 끊임없이 연구하는 고수들이 숨은 카페를 찾는 것도 하나의 즐거움이겠지요. 싱글 오리진은 특정 국가나 지역에서 재배되는 원두 한 종류만을 사용해 추출하는 것을 말합니다. 원산지마다 개성과 특성이 다르니 골라 마시는 즐거움이 존재합니다. 자신의 입맛에 맞는 커피를 찾을 확률도 높고 말이지요. 커피 원두를 구매하기 위해 카페나 가게에서 원두를 고르실 때에도 블렌딩된 원두인지 싱글 오리진인지 참고하시면 좋겠습니다.

CHAPTER

독서

READING

현대사회의 보물은 지식이라는 형태로 책 속에 숨어있습니다.
책 속의 보물은 먼저 발견하고 활용하는 사람이 임자랍니다.

책 향기가 나는 사람

　푸른 지성들이 저마다의 설렘과 꿈을 안고 새로운 학기를 시작하는 초봄이었습니다. 강원도 강릉의 한 대학에서 강의를 마치고 바다가 보이는 안목해변 커피거리로 향했습니다. 먼 길 왔는데 커피 한잔 하고 가야지 그냥 갈 수 없잖아요. 겨울 냄새가 조금 남아있는 바다는 봄의 시작처럼 참 푸르렀습니다. 어디를 갈까 고민을 하다가 마음에 드는 바다 앞 카페로 발걸음을 돌렸습니다. 커피 한 잔과 빵을 들고 전망이 좋은 3층으로 올라가니 푸른 바다가 더 잘 보입니다. 눈이 호강하는 명당이었습니다. 하지만 기분이 좋고 눈이 호강하는 이유는 따로 있었습니다. 바다가 보이는 테라스 앞에 두 명의 여성이 커피를 마시면서 책을 읽고 있는 겁니다. 편안한 자세로 잔잔한 음악을 들으며 책에 몰입한 모습이 어찌나 행복해 보이는지 보는 사람도 덩달아 기분이 좋아지더군요. 커피도 더욱 맛있어졌고요. 음악과 함께 커피를 마시면서 책을 보는 사람이 행복해 보이는 이유가 있었습니다.

　영국 서섹스 대학교의 인지신경심리학과 데이비드 루이스 박사팀은

스트레스를 해소하는 가장 효과적인 방법을 측정했는데 1위가 독서였고
요, 2위가 음악감상 그리고 3위가 커피를 마시는 것이었습니다. 연구팀은
특히 책을 6분 정도 읽으면서 작가의 상상 속에 빠져들면 스트레스가 약
68퍼센트가량 감소된다고 말합니다. 커피 한 잔 앞에 두고 재즈 음악과 함
께 좋아하는 책을 읽는 것만으로도 충분한 행복을 느낄 수 있었던 것이었
지요. 이런 행복을 자주 느끼는 사람에게선 책 향기를 느낄 수가 있습니다.
맛 좋고 향이 깊은 커피는 다음에도 또 생각나고 마시고 싶잖아요. 좋은 책
도 마찬가지고요.《깊은 긍정》의 저자 장향숙 전 의원은 커피 필터에 따라
커피 맛과 향이 달라지듯이 사람도 책이라는 필터에 따라 풍부한 맛과 향
을 내는 사람이 된다고 말합니다. 책 향기가 나는 사람은 말이 통하고 열린
사고로 다양한 가능성을 살펴볼 줄 알며 내가 보지 못했던 세상의 흐름도
함께 나누며 이야기할 수 있습니다. 무엇보다도 휘발성 가십거리가 아닌
알찬 이야깃거리가 풍성합니다. 대화를 통해 깨닫는 것도 있고 함께한 것
만으로도 스스로 성장한 느낌을 받아 헤어진 후에도 여운이 남습니다. 만
남이 유익했기에 다음에도 또 만나고 싶어집니다. 바로 책 향기가 묻어나
는 사람이지요.

Reading 2

독서의 목적,
나의 길을 창조하는 것

"나를 키운 것은 8할이 독서다."라고 미래에셋의 박현주 회장은 그의 저서 《돈은 아름다운 꽃이다》에서 말했습니다. 초창기에 벤치마킹 대상이 없으니 방향을 찾기 위해 탐욕스러울 정도로 책을 읽었다고 말이지요. 요즘 길을 걷다 보면 자주 볼 수 있는 이디야 커피의 문창기 대표 역시 사업에서 위기를 맞았을 때 서점에 찾아가 닥치는 대로 많은 책을 사 읽었다고 합니다. 미래에셋의 박현주 회장처럼 문제에 대한 해결책과 길을 찾기 위해서라고요. 그러면서 이디야 커피 직원들에게 책을 읽으라고 잔소리하는 사람으로 남고 싶다면서 〈매경CEO특강〉 중에 책 속에 길이 있다는 독서의 중요성을 강조했다고 합니다. 삶의 굴곡이 참 많았던 스티브 잡스 역시 모든 것이 꽉 막혀 가슴이 답답하고 어떻게 해야 할지 모를 땐 낭만주의 영국 시인인 윌리엄 블레이크의 시집을 즐겨 봤다고 합니다.

나는 시스템을 창조해야 하며
······
나는 이치를 따지거나 비교하지 않겠다.
내 사업은 창조해내는 것이다.

〈Jerusalem: The Emanation of the Giant Albion〉 중

'오늘이 인생의 마지막 날이라면 지금 하려고 하는 일을 할 것인가?'라며 사람의 인생은 유한하다고, 다른 사람의 삶이 아닌 내 가슴이 말하는 대로 나의 길을 우직하게 가라던 스탠퍼드 대학교의 졸업연설문이 시 속에 겹쳐 보입니다. 스티브 잡스는 1700년대 시인의 시집을 읽으면서 많은 아이디어와 영감을 얻는다고 말했지요.

시에서 말한 '시스템'이란 목적을 이루기 위해 체계를 짜는 일입니다. 나의 시스템을 창조한다는 말은 나의 길을 창조하기 위한 체계를 만드는 일이지요. 이를 위해 필요한 것이 바로 이치를 깨닫는 힘, 사고력입니다. 《나는 읽는 대로 만들어진다》의 이희석 작가는 독서의 목적에 대해서 내 안으로 들어온 새로운 지식을 재료 삼아 깊이 생각하여 부가가치를 창출하는 것이라고 말합니다. 책을 읽는다는 것은 지식과 정보를 외우는 것이 아니라 그것을 바탕 삼아 새로운 가치를 만들어 내는 것입니다. 쉽게 말하자면 책 속에서 길을 찾고 만든다는 말입니다. 이것은 현대사회에서 행복하

게 살기 위해 필요한 능력입니다. 변화가 빠른 시대에는 정답이라는 것을 찾는다는 게 어려울 수 있습니다. 정답을 찾기도 전에 얼마든지 바뀔 가능성이 높으니까요. 유망하다는 대학 전공이나 직종들이 한 해가 지나면 순위가 바뀌거나 사라지는 것처럼 말이지요. 이젠 정답이 아니라 해답을 찾아야 합니다. 이디야 커피의 문창기 대표 역시 인생의 해답은 책 속에 있으니 항상 손에서 책을 놓지 말라고 했다지요. 그 해답이란 자기 스스로가 만들어가는 답을 말합니다. 그러기 위해선 책을 통해 선인들의 지식과 정보를 접하고 그것에 대한 질문을 하며 나만의 답을 찾아가는 힘을 기르는 것입니다. 그래야 내가 가야 할 곳이 어디인지 알 수 있고 내가 있어야 할 자리를 알 수 있습니다. 《태백산맥》,《아리랑》,《한강》의 조정래 작가는 그의 저서 《조정래의 시선》에서 자신이 좋아하는 일을 자신의 속도로 해나가기 위해선 독서를 권한다고 말합니다. 많이 갖는 것과 빨리 가는 것을 대신해 자신의 속도로 인생을 살면 아름다운 것을 수없이 만날 수 있다고 말하면서 독서의 중요성을 강조했습니다.

책은 현대판 보물지도다

한국에서 꾸준히 팔리고 있는 스테디셀러 중 하나인 스티븐 R. 코비 박사의 《성공하는 사람들의 7가지 습관》은 1994년부터 전 세계적으로 기업과 대학에서 꾸준히 진행되고 있는 리더십 프로그램이기도 합니다. 사람들이 성공이라는 타이틀에 이끌려 책을 샀지만 내용이 난해하고 책도 두꺼워 앞장만 새까맣기로도 유명합니다. 제가 지금 이 책에 대해 강의하며 살거든요.

이 책을 처음 만난 것은 최전방에서 군복무를 할 때였습니다. 민간인도 다니지 않는 산밖에 없는 오지에서 2년 넘게 근무하는 곳이라 굉장히 심심한 곳이었습니다. 만기 제대를 앞둔 어느 날 부대에서 아주 작은 도서관을 만들어주더군요. 대부분이 만화책이었는데 그중에 앞표지가 다 떨어진 코비 박사의 책을 처음 만났었습니다. 만나자마자 인사만 하고 헤어졌네요. 도대체 무슨 이야기를 하는 건지 도통 알 수가 없었습니다. 보이지 않는 곳에 정중히 모셔두고 만화책을 집었지요. 이 책을 다시 만나서 종이가 해질 때까지 읽게 될 줄은 꿈에도 몰랐습니다. 작은 도서관 때문에 전역하기 전 가장 짧고 가장 행복한 군생활을 보냈답니다.

며칠 전 기사를 찾아보니 최전방 소초에도 작은 독서카페가 생겼다고 합니다. 스트레스를 많이 받는 곳이다 보니 병사들이 여가를 즐기고 좀 더 밝은 분위기가 될 수 있도록 컨테이너를 이용해 카페를 만들었다고 말이지요. 독서카페에 관심 많은 한 병사는 "평소 스트레스 해소에는 독서가 최고라고 생각해왔는데 소초에 커피와 녹차를 마시며 책을 읽을 수 있는 아늑한 공간이 생겨 기쁘다."고 말했습니다. 고생하는 군 장병들이 그곳에서 삶의 친구가 될 좋은 책 한 권씩을 꼭 만났으면 좋겠네요. 커피를 마시며 책을 읽을 수 있는 공간에 대해《수집의 즐거움》의 박균호 저자는 허핑턴 포스트에서 '당신을 독서가로 만드는 11가지 방법'에 대해 친절히 설명을 해줍니다. 그중에 일부를 살펴볼까요?

"스타벅스 같은 커피 전문점도 훌륭한 도서관이다. 스타벅스에서 애플 노트북을 켜두고 무라카미 하루키의《상실의 시대》를 읽는다면 된장녀 또는 허세남으로 오해를 받을 가능성이 있지만 커피 전문점은 책 읽기에 매우 좋은 장소다. 집중력을 높이기 쉬운 적당한 소음도 좋지만 커피에 들어있는 카페인이 졸음을 예방해주니 책을 읽기에 쾌적하다." 도심 속 카페를 지나다니다 보면 커다란 통유리 안에 커피 한 잔 앞에 두고 책을 읽고 있는 사람들을 자주 볼 수 있잖아요. 그리고 동네 카페든 학교든 회사든 책 몇 권씩은 보관되어 있는 곳이 많습니다. 내가 마음만 먹는다면 언제 어디서든지 책을 접하기 쉬운 시대입니다. 대형 서점에 가면 바다의 수평선처럼 끝없이 책들이 펼쳐져 있고 인터넷 서점에도 셀 수 없을 만큼의 책들을 접할 수 있는 시대에 살고 있습니다. 하지만 이런 책들이 중세시대만 해도 굉장히 귀하고 비쌌다는 것을 알고 계시나요? 딜로이트 컨설팅의 김경준 대표의 저서 《통찰로 경영하라》에서는 책은 정말로 귀한 물건이었고, 귀족이라도 성경 한 권을 갖고 있다는 것은 대단한 명예이자 부귀의 상징이었다고 합니다. 당시 중세 유럽 최대 도서관에 보관된 책 한 권 값은 현재의 시가로 치면 약 2억 원 정도가 된다고 합니다. 책을 만들기 위해 엄청난 재료비와 숙련공들의 몇 년간의 인건비가 드는 작업이었기 때문입니다. 조선시대의 책값도 현재 시세로 바꾸어 보면 한 권에 약 500~600만 원 정도라고 하니 직장인들의 몇 개월 치 월급에 해당할 만큼 고가였던 셈이지요. 요즘 나오는 책들은 옛날 시대에 비해선 가격이 저렴할지는 모르지만 그 가치는 결코 저렴하지 않습니다. 옛날엔 보물을 찾으러 다니는 보물 사냥꾼이 있었다지요? 보물은 발견하는 자의 몫이잖아요. 현대사회의 보물은 지식이라는 형태로 책 속에 숨어 있습니다. 지식이 돈이 되는 시대이고 길을 만들어 주는 데 도움을 주기 때문입니다. 책 속의 보물은 먼저 발견하고 활용하는 사람이 임자랍니다.

한 잔의 커피,
한 권의 책

커피 속 카페인의 모습을 먼저 발견한 사람은 누구일까요? 바로 《파우스트》의 저자인 요한 볼프강 폰 괴테입니다. 그는 친구인 프리드리히 룽게에게 부탁해 커피에서 최초로 카페인을 추출했었거든요. 카페인은 괴테에 의해 이 세상에 모습을 드러내게 된 것이었습니다. 자연과학 분야까지 방대한 업적을 남겼던 그는 독서의 목적에는 두 가지가 있다고 말합니다. 첫째는 즐겁게 기분 전환을 하기 위한 독서와 둘째는 지식과 교양을 얻기 위한 독서라고 말이지요. 전자는 책을 읽는 동안에 기쁨이 있고 후자는 독서가 끝난 뒤에 기쁨이 있다고 말합니다. 필요한 지식을 얻기 위해서 읽는 책과 쉬고 싶어서 재미난 책을 읽는 것 모두 유익함을 준다는 말이었습니다. 어떤 목적으로든 독서를 한다는 것은 자신의 행복을 위한 일이라고 말이지요. 책을 잘 읽고 산다는 것은 경이로운 세상에 눈

을 떠 한 차원 더 높은 삶을 살아가는 것이라고 《전략적 책 읽기》의 저자 스티브 레빈은 말합니다. 그는 사람들에게 책을 추천해주고 판매하는 일을 했는데 책에 대해 묻고 사가는 고객들이 책만 팔지 말고 책 읽을 시간을 팔라고 말했답니다. 독서하는 것이 좋은지는 알겠는데 바빠서 책 읽을 시간이 없다고 안타까워하더랍니다. 하지만 책 읽을 시간은 있습니다. 그것도 아주 가까이에 있잖아요. 바로 커피를 마시면서 책을 읽으면 됩니다. 커피를 마시면 책 읽을 시간도 확보하는데다가 분위기까지 낼 수 있는 일석이조의 효과도 있습니다. 카페에 들어가 보면 커피 마시면서 책 보는 사람들을 자주 볼 수 있잖아요.

회사 후배는 커피를 앞에 두고 책 읽는 남자가 굉장히 섹시해 보인다고 말하네요. 이제 커피를 활용해 책 읽을 시간을 확보해 볼까요?《독서의 즐거움》의 저자 수전 와이즈 바우어는 책을 읽기 시작하는 사람들에게 몇 가지 팁을 소개합니다. 첫 번째, 스스로 독서에 전념할 시간을 정하라고 합니다. 커피를 마실 때마다 책을 읽는다고 정하면 되겠네요. 두 번째, 저녁보다는 아침이 좋다고 합니다. 회사에 출근해서 또는 모닝커피 한잔 마시면서 책을 읽으면 되겠네요. 세 번째, 독서의 시작은 짧게 해야 한다고 합니다. 커피 마시는 시간이 사람마다 다르지만 적어도 10분이면 충분하잖아요. 네 번째, 한 주 내내 독서하겠다는 계획은 세우지 말라고 합니다. 주말에 혼자만의 시간을 한두 시간 갖는다는 자신과의 약속을 하고 카페나 집에서 커피를 마시면서 책을 읽는다면 무리하지 않는 독서를 할 수 있겠네요. 교육업에 종사하고 있는 제 동료는 주말마다 시간을 빼서 카페에 간다고 합니다. 오로지 책만 읽기 위해서 말이지요. 평일엔 일하고 퇴근하면 기운이 빠져 책 읽기가 쉽지 않다고 하면서요.

교보생명에서는 요한 볼프강 폰 괴테의 명언을 각색해서 '지금 네 곁에 있는 사람, 네가 자주 가는 곳, 네가 읽는 책들이 당신을 말해준다'고 표현했습니다. 내 곁에 있는 사람은 책의 저자이며 내가 자주 가는 곳은 책 속 지혜 세상이며 내가 읽고 있는 책은 손에 들린 책입니다. 책이 나를 말해줍니다. 책을 읽는다는 것은 커피를 볶는 로스팅 같습니다.

로스팅이란 푸른 빛깔의 생두를 볶아 원두가 가지고 있는 개성을 나타나게 만들어주는 작업입니다. 커피 볶는 사람을 로스터라고 하지요. 책은 사람이라는 원두를 로스팅하여 본연의 맛과 향기를 찾아주는 위대한 로스터입니다. 자신의 빛깔을 내면서 삶의 맛과 향을 내는 행복한 사람들은 카페에서 또는 자신이 좋아하는 장소에서 커피를 마시며 책을 읽는답니다.

알아두면 유익한 좁고 얕은 커피상식

● 카페에 가면 메뉴가 어려워 주문을 못하겠어요. ●
어떤 걸 시켜야 하나요?

보통 카페에 가면 메뉴 상단에 에스프레소 커피가 있습니다. 카페에서 마시는
다양한 커피들이 에스프레소 커피를 기반으로 만들어지기 때문입니다. 에스프
레소는 커피와 기계를 좋아하던 이탈리아인들이 개발했는데요. 25초라는 빠른
시간 안에 커피의 특성을 그대로 살려 빠르게 추출하는 진한 커피를 말합니다.
제가 1995년부터 인천 월미도의 커피전문점에서 커피를 만들 땐 에스프레소
머신이 없었습니다. 전부 핸드 드립으로 내렸거든요. 몇 년 후 에스프레소 머신
이 있는 스타벅스 카페를 갔습니다. 메뉴 맨 위에 에스프레소 커피가 있고 가격
도 좀 저렴하길래 당당하게 시켰지요. '아니, 이게 커피란 말입니까?' 처음 겪어
보는 쓴맛에 고생을 좀 했습니다. 지금은 고소하게 느끼는 경지에 왔습니다.
카페에 가신다고요? 메뉴를 어떤 것을 골라야 할지 모르겠다면 세 가지만 기억
해주세요. 깔끔한 커피가 마시고 싶다면 에스프레소에 물을 희석한 아메리카
노. 담백한 커피가 마시고 싶다면 에스프레소에 우유를 넣은 카페라떼. 달콤한
커피가 마시고 싶다면 초콜릿 시럽이 들어가는 카페모카를 주문하시면 됩니다.

하지만 메뉴를 고르는 가장 좋은 방법은 카페에서 일하는 전문가에게 이런 맛의 커피를 마시고 싶다고 물어보는 것입니다. 바리스타는 내게 맞는 커피가 무엇인지 친절하게 물어보고 입맛에 맞는 커피를 찾아줄 것입니다. 주문하는 사람의 기대에 부응하기 위해 더욱더 신경 써서 커피를 만들어주시겠지요? 가장 맛있는 커피는 누군가가 마음을 다해 만들어준 커피랍니다.

CHAPTER

음악

MUSIC

음악은 집이라지요. 집처럼 편한 음악이 있는 카페를 찾으면 어떨까요?
커피 한 잔과 좋은 음악은 그야말로 행복 그 자체일 것입니다.

Music 1

매혹적인 여인, 노래하는 세이렌

그리스 신화에 등장하는 오디세우스는 트로이 전쟁에서 트로이 목마 전략을 이용해 전쟁을 승리로 이끌어냅니다. 그리스의 영웅이 된 그는 고향 이타케로 향하게 됩니다. 그곳엔 사랑하는 아내 페넬로페와 아들 텔레마코스가 10년 동안 애타게 그를 기다리고 있기 때문이지요. 그러나 집으로 가는 길이 순탄하지만은 않습니다. 집으로 가는 길목인 시칠리아 섬 근처에는 무서운 세이렌이 살고 있었기 때문이지요. 뱃사람들을 매혹적인 노래로 유혹해 죽음으로 내몹니다. 아름다운 음악으로 사람의 정신을 쏙 빼놓는 매력적인 존재인데 몸의 반은 인간이고 나머지 반은 새입니다. 드디어 오디세우스 일행들은 세이렌이 살고 있는 지역에 가까워졌습니다. 제일 먼저 오디세우스는 세이렌에게 유혹당하지 않기 위해 자신의 몸을 스스로 돛대에 묶어버립니다. 부하들에게는 귀를 솜으로 완전히 틀어막아 아름다운 음악을 듣지 못하도록 만들고요. 드디어 세이렌들의 부드럽고 우아한 공격이 시작됩니다. 음악에 유혹당하지 않도록 예방책을 세워둔 덕에 선원들은 배가 암초에 걸리지 않도록 안전하게 운전을 합니다. 무사히 해역을 통과한 오디세우스는 그토록 기다리던 고향으로 돌아가 사랑하는 부인과 아들을 다시 만날 수 있게 되었습니다. 스타벅스 커피 잔을 보면 미소 짓고 있는 녹색의 여인이 한 명 있잖아요. 그녀가 바로 세이렌입니다. 아름답고 매혹적인 여성을 뜻하는데 훗날 화가들에 의해 인어로 표현되기도 합니다. 노래하는 세이렌을 상징으로 정해서일까요? 스타벅스는 자유로운 선율의 재즈 음악이 흐르는 곳으로 유명하지요. 인터넷에서 아무 음악이나 주르륵 긁어다 틀어버리는 카페와는 차별화가 되기 때문에 안정적인 환경을 원하는 사람들이 애써 스타벅스를 찾아가는 것도 그 이유 중 하나일 겁니다. 바늘이 가면 실이 따라가듯 커피가 있는 곳엔 음악이 있고요. 카페는 공간 활용의 목적으로 가기도 하지만 선별된 음악을 듣기 위해 찾아가기도 하거든요. 저는 김건모 씨의 노래가 나오는 카페베네의 음악 방송을 듣기 위해 버스를 타고 이동해야 하는 불편을 감수하면서 틈날 때마다 카페에 들르곤 했습니다. 음악 파일을 구매할 수가 없었기 때문입니다. 홈페이지에서 찾아 듣긴 했지만 불편하더라고요. 들으려면 카페로 가는 수밖에 없었습니다. 커피도 커피지만 음악이 저를 이끌었던 것이었지요. 커피 한잔 마시면서 기다리던 음악이 나올 때면 마음도 차분해지고 기분이 아주 좋아집니다. 자주 나오는 음악도 아니기에 귀도 활짝 열어 담아둔 채 오래오래 기억해둡니다. 텔레비전에 단골로 나오는 예능 프로그램들도 살펴보면 음악을 활용해 만드는 것들이 많더라고요. 음악은 사람을 끌어들이는 힘이 있기 때문이겠지요. 전쟁에서 승리한 그리스 신화의 영웅조차 꼼짝할 수 없게 만든 것은 바로 아름다운 음악이었으니까요.

Music 2

생명을 치유하는 음악의 힘

오디오가 귀하고 구경하기 힘든 시절에 사람들은 굳이 음악을 듣기 위해 음악 감상실을 찾았다고 합니다. 라디오도 귀했던 터라 고급 오디오에서 나오는 음악을 듣는 것은 특별한 장소가 아니면 어려웠기 때문입니다. 차분히 클래식 음악을 주로 들으면서 행복을 느끼고 싶은 사람들의 발길이 계속 이어졌다고 하네요. 그러다 커피도 마시며 음악을 들을 수 있는 조금 더 매력적인 음악다방으로 사람들이 몰렸습니다. 클래식 음악뿐만 아니라 정성스럽게 고른 영화음악과 가곡들도 함께 나왔기 때문입니다. 디제이가 다양한 음악을 틀면서 사람들의 신청곡을 틀어주기도 했고요. 커피 값은 조금 더 비쌌지만 그곳에서 글도 쓰고 데이트하는 모습들이 소설의 소재로 쓰이기도 하고 말이지요. 음악다방은 사람들의 발길이 끊이질 않다 서서히 시들어가게 됩니다. 그 이유는 각 가정마다 오디오를 들여 놓기 시작하면서 집에서도 언제든지 음악을 들을 수 있었기 때문입니다. 사람들은 음악을 들으면서 마음을 진정시키고 편안한 기분을 느꼈던 것이었지요. 음악을 들으면 왜 마음이 편안해지는 것일까요? 조금은 궁금하시지요? 그러려면 우리들이 태어나기 전에 모르고 있던 일을 살펴봐야 할 것 같습니다.

엄마 뱃속에서 자라고 있는 태아가 아무것도 보이지 않는 곳에서 기다

리고 있는 것은 엄마의 목소리라고《잃어버린 지혜 듣기》의 저자 서정록 작가는 말합니다. 태아는 엄마의 목소리가 들려오면 기뻐하면서 안심한다고 말이지요. 엄마 목소리가 들리면 태아는 소리를 더 잘 듣기 위해 자신의 몸을 엄마 척추 뼈에 가까이 기댄다고 합니다. 피아니스트 이루마 씨도 그의 저서《이루마의 작은 방》에서 자신의 음악은 태아가 뱃속에서 엄마의 심장소리를 들으면서 마음의 안정을 찾듯이 가장 편안하고 자연스러운 리듬을 따라가게 하는 것이라고 말하기도 했습니다. 사람은 엄마의 목소리와 심장소리를 들으면서 태어나서인지 인류 최초의 예술은 음악이었다고 합니다. 수렵 활동을 위한 옛날 여행길은 사나운 맹수는 물론이고 처음 보는 위험한 식물들 그리고 자연재해까지 포함해 알 수 없는 두려움과 항상 마주해야 했습니다. 그때마다 음악은 여행자들에게 마음의 평화와 안정을 찾아주었다고 말이지요.

옛날 못지않게 갖은 스트레스에 노출된 현대인들도 음악을 들으면서 마음의 여유를 찾습니다. 커피 한잔을 앞에 둔 채 아무것도 하지 않고 가만히 앉아 들리는 음악에 몸을 싣습니다. 음악은 더 잘 들리고 내 상황에 맞는 가사가 나오면 마음이 찡해집니다. 마음도 차분해지고요. 오랜 세월 물을 연구해온 에모토 마사루 박사는 좋은 음악은 우리의 몸과 마음을 치유로 이끈다고《물은 답을 알고 있다》에서 말합니다. 물에게 어떠한 자극을 주었을 때 결정체의 변화를 카메라에 담는 실험이었는데 음악에 반응을 하더랍니다. 물에게 역사에 남은 고전 음악, 클래식, 재즈 연주, 각 나라의 전통 음악을 들려주었더니 신기하게도 물의 결정체는 개성을 발휘하며 아름다운 모양으로 변했지요. 아기가 태어날 때의 몸은 90퍼센트가 물이고 인간의 몸은 70퍼센트가 물이라며 물은 생명 그 자체라고 에모토 마사루 박사는 말합니다. 남들이 나를 진심으로 인정해주고 칭찬해주면 기분이 좋아지듯이 음악이 몸을 이루는 물의 결정체를 안정시키고 아름답게 변화시켰다고 말입니다. 이보다 더 오래전에 비슷한 실험이 미국에서도 진행되었습니다.

피터 톰킨스와 크리스토퍼 버드의 저서 《식물의 정신세계》에는 1968년 미국의 도로시 리털랙 부인의 '식물에 미치는 음악의 효과'라는 흥미로운 연구 내용이 나옵니다. 식물들에게 하이든, 베토벤, 브람스, 슈베르트 및 18세기에서 19세기의 유럽 고전 음악을 들려줬더니 식물들은 음악이 나오는 라디오 쪽으로 줄기를 뻗어갔다고 합니다. 음악을 사랑하는 것처럼 라디오를 감싸기까지 했고요. 반대로 시끄러운 음악 소리에는 쳐다보기 싫은 듯 고개를 돌렸다고 합니다. 식물들조차도 좋은 음악에 반응하며 가까이 다가가고자 했다고요. 다양한 재즈에도 식물은 흥에 겨운 듯 반응했지만 특히나 바흐의 음악을 좋아했다고 합니다. 식물들이 고개를 돌리고 스피커에 몸을 기울인 각도가 제일 큰 데다 발육 상태도 좋았다고 말이지요.

Music 3

행복을 들려주는 시간

커피 칸타타로 유명한 바흐는 완성도가 높은 작품들을 만들어 음악의 아버지라 불립니다. 소위 고전파로서 서양 클래식 음악이 시작하는 바로크 시대에 살고 있었고요. 당시 독일에는 커피가 전파되고 커피하우스의 열풍이 생겨 커피를 즐기는 사람들이 대폭 늘었는데요. 여기에 바흐의 딸이 푹 빠진 겁니다. "커피는 천 번의 키스보다 달콤하며 와인보다 부드럽다."며 커피를 즐기는 딸과 이를 말리는 아버지와의 일상을 작은 오페라 스타일로 정리한 것이 커피 칸타타입니다. 사람들이 커피도 마시고 이야기를 나누기 위해 커피하우스로 모이다 보니 작은 공연들이 자연스럽게 카페에서 열리곤 했습니다. 티격태격해도 딸과 함께 커피를 즐겨 마신 바흐는 카페에서 음악회를 열기도 하지요. 그때 당시 사람들은 운이 좋아야 음악을 들을 수 있었습니다. 왜냐하면 녹음 기술이 없었기 때문에 한 번 흘러간 음악은 다시 들을 수가 없었기 때문입니다. 게다가 듣고 싶은 음악을 듣기 위해선 비싼 값을 치러야 했습니다. 귀족들은 연회나 행사의 연주를 위해 악단을 유지했다고 합니다. 하이든의 평생직장이던 에스테르하지 후작의 궁정악단은 스물한 명의 대규모였는데요. 악단 유지비는 연간 40억 원 정도로 추산된다고 《통찰로 경영하라》의 김경준 딜로이트 컨설팅 대표는 말합니다. 원하는 음악을 듣기 위해 후작은 일 년에 40억 원이라는 천문학적인 돈을 쓴 겁니다. 오디오가 없었기 때문에 한 번의 공연은 유일무이한 것이며 다시 들을 수 없기에 음악을 듣는 사람들은 기대감을 갖고 하나라도 놓칠세라 보배처럼 들었던 겁니다. 그 순간이 얼마나 소중했을까요? 돈으로 살 수 없는 행복한 순간의 경험을 갖는 것이잖아요.

요즘엔 이런 음악을 카페에서 듣거나 커피 한 잔 손에 들고 공원에 앉아 스마트폰에 이어폰 꽂고 감상할 수 있는 시대에 살고 있습니다. 음악은 귀를 열고 주의를 집중해서 들을 때 삶의 질을 향상시켜 줄 수 있고 음악에

내재한 기쁨을 살리는 사람은 일정한 시간을 음악 감상에 할애한다고 《몰입》의 저자 미하이 칙센트미하이는 말합니다. 음악은 듣는 사람의 마음을 정리해주고 지루함이나 근심 걱정도 떨쳐버리는 치유의 힘을 가졌기 때문입니다. 클래식, 블루스, 재즈 같은 음악은 사람의 마음을 편안하게 만들어주고요. 그래서인지 기왕 마시는 커피 좋은 음악이 있는 카페로 가고 싶습니다.

한양대학교 의과대 박문일 교수는 육체적인 피로가 근육 마사지로 풀리듯이 정신적인 피로는 음악 마사지로 풀 수 있고 음악은 손쉽고 자연스럽게 마음을 치유하는 가장 좋은 방법이라고 말합니다. 하지만 반드시 조용한 음악이어야 하는 것은 아닙니다. 사람마다 선호하는 음악이 다르듯 자신에게 맞는 음악이어야 하겠지요. 이루마 씨의 말처럼 말이지요. "옷은 자기 몸에 맞아야 한다. 아무리 화려하고 고급스러운 옷이라도 편안하지 않다면 자주 찾지 않게 된다. 음악도 마찬가지."라고요. 옷도 고급스럽지만 불편하고 안 어울리는 옷보단 자신에게 어울리고 편한 옷이 명품이잖아요. 커피를 마시러 카페를 찾아간다면 내가 좋아하는 음악이 있는 곳으로 발걸음을 옮기면 되겠네요. 음악은 우리가 여행을 시작하는 곳인 동시에 돌아가야 할 영혼의 집이며, 어머니의 품과 같은 곳이라고 작곡가인 미리암 테레즈 윈터는 말했습니다. 음악은 집이라지요. 집처럼 편한 음악이 있는 단골 카페를 알아둔다면 좋겠네요. 아니면 주말 오전 늦잠 푹 자고 일어나 집에서 커피 한잔 마시면서 좋아하는 음악을 잠깐이라도 듣는 것 어떠세요? 제가 해봤거든요. 그야말로 행복 그 자체입니다. 행복한 사람은 커피를 마시면서 좋아하는 음악을 듣는답니다.

알아두면 유익한 좁고 얕은 커피상식

• 한 잔의 커피가 나오기까지 어떤 과정을 거치나요? •

《커피이스트 매니페스토》의 저자 스티븐 D. 워드는 커피가 만들어지는 과정을 아주 간단하게 네 가지로 요약했습니다. 원두, 로스팅, 분쇄, 추출입니다. 커피 원두를 볶은 후 갈아서 뽑아 마시는 것입니다. 간단하지요? 과정은 간단하지만 원산지마다 가지각색의 특성을 가진 원두를 어떻게 볶아 어떤 크기로 분쇄하여 어떤 기구로 추출하느냐에 따라 맛과 향이 수없이 달라집니다. 한 잔의 커피가 탄생한다는 것은 무수히 많은 퍼즐을 하나씩 맞춰가는 과정이라고 표현할 수 있겠습니다.

CHAPTER

여행

TRAVEL

카페가 여행을 떠날 수 있는 곳이라는 의미가 부여되는 순간,
카페는 더 이상 커피만 마시는 곳이 아닙니다. 여행지가 되지요.

인생의 추억 앨범 만들기

뉴질랜드에 사는 버트 먼로는 1920년도에 제작된 인디언 오토바이를 개조해 미국 보너빌로 떠납니다. 그곳은 거대한 밀물 호수가 말라 오토바이가 가진 최고 속도로 마음껏 달릴 수 있는 경기장이기도 합니다. 오토바이 대회 관련자들은 버트의 이런 낡은 오토바이로는 출전하는 것이 불가능한 일이라면서 코웃음을 칩니다. 사람들의 걱정과 비웃음을 뒤로한 채 버트는 보란 듯이 대회에 참가하고 무려 시속 300킬로미터를 넘는 속도로 세계 신기록을 달성하게 됩니다. 그의 나이 예순셋이었습니다. 버트 먼로의 이야기는 로저 도널드슨 감독의 영화 〈세상에서 가장 빠른 인디언〉으로 만들어졌지요. 버트 먼로의 역할을 맡은 영화배우 앤서니 홉킨스는 촬영장에서 커피를 즐겨 마셨다고 합니다. 가지

각색의 매력을 지닌 촬영 장소를 다닐 때마다 말 그대로 커피여행을 즐긴 겁니다. 영화 중에선 작은 창고에 사는 버트에게 옆집에 사는 꼬마아이가 종종 놀러 옵니다. 물을 끓여 차도 타주고 면로의 작업을 도와주기도 합니다. 이제 미국 보너빌로 여행을 떠나야겠다고 말하는 버트에게 꼬마는 꼭 가야 하는 것이냐고 물어봅니다. 버트는 꼬마를 다정하게 바라보며 말합니다. "가야 할 때 가지 않으면 말이다. 가려 할 때는 갈 수가 없단다."

제가 직장인의 삶에서 자유인으로 살아가야겠다고 생각하는 출발점에 섰을 때 해남 땅끝마을을 시작으로 강진 다산초당, 보성 녹차 밭, 담양 죽녹원, 순창 고추장마을, 남원 광한루, 함양 지리산과 경남 합천 해인사를 지나 경북 상주까지 걸어가는 도보여행을 떠났습니다. 두렵기도 한 마음을 추스르고 스스로에게 용기를 주기 위해서였습니다. 제일 먼저 찾아간 곳은 땅끝마을의 희망점이었습니다. 오솔길을 따라 들어가니 길이 끝나는 바다 앞에 큰 비석이 하나 세워져 있습니다. 글귀가 쓰여 있네요. '길이 끝나는 곳에서 다시 시작되는 길' 끝은 끝으로서 끝나는 것이 아니라 새로운 시작의 다른 이름이라고 말이지요. 느리게 걷는 여행에서 가장 많이 본 것은 사람 사는 모습이었습니다. 아침 일찍 등교하는 학생들, 출근하는 직장인, 가게 앞을 청소하는 상점 주인, 밭을 가는 노부부를 걸으면서 바라봅니다. 몸을 가누기도 힘들어 보이는 할아버지가 밭을 갈고 새싹을 심어 물을 주는 모습에 스스로의 모습도 반성하게 됩니다. 안개 긴 호수 옆을 지날 땐 구름 위를 걷는 것 같고 산턱 그늘 밑에서 캔 커피를 마시며 쉴 땐 신선이 부럽지 않습니다. 배고플 때 먹으면 얼마나 달콤하고 맛있는지 모릅니다. 걷고 싶을 때 걷고 쉬고 싶을 땐 쉬어가는 자유로움을 만끽하면서 주변 경치도 둘러봅니다. 사람과 자연 속의 행복한 기억들을 여행 중에 만나가는 겁니다.

《사막별 여행자》의 저자 무사 앗사리드는 이렇게 말합니다. "여행하는 동안 우리는 삶을 아름답게 느낀다."고 말이지요. 평소 무심코 지나치고 숨어있던 감정들이 치열한 삶을 살아가는 사람과 묵묵한 자연의 성실함을 보면서 뜨겁게 일어나는 겁니다. 여행에서의 좋은 점은 아름답게 느꼈던 생각들과 느낌들이 온전히 나의 것으로 쌓인다는 점입니다. 내 삶의 여행 앨범이 만들어지는 것이지요. 꺼내 보고 싶을 때마다 추억을 꺼내보며 그때의 감정을 느낄 수 있는 나만의 행복 자산이 생기는 것입니다.

떠날 곳은 가까이에 있다

    도보 여행을 하면서 목적지인 시내나 도시에 도착하게 되면 제일 먼저 하는 일은 카페를 찾는 것입니다. 앉아 쉬면서 피로가 쌓인 다리도 풀어주고 목도 축이면서 여행 중에 느낀 점도 정리하기엔 그만한 곳이 없거든요. 기왕 가는 곳이니 마음에 드는 공간을 찾아 조금 더 걷는 수고로움을 기꺼이 감내합니다. 카페를 찾는 재미와 색다른 분위기를 느끼는 것도 여행의 또 다른 즐거움이거든요. 다비드 르 브르통은 《느리게 걷는 즐거움》에서 이렇게 말합니다.

    "카페는 도시의 제 집이자 자신을 되찾고 숨을 고르는 공간이다.
    원기를 충전하고 목을 축이고, 산책에 대한 메모를 남기고,
    행인들의 얼굴과 움직임을 관찰하는 만남과 위안의 장소이다."

    카페가 여행 중에 특별한 점이 되는 것은 처음 방문한 곳이기 때문에 새로운 의미가 생긴다는 것입니다. 생각해 보세요. 도착한 카페가 동네에 사는 주민에게는 동네 카페일지 모르지만 여행자들에겐 색다른 여행지가 되거든요. 사람들이 그토록 많이 방문한다는 이탈리아의 오랜 역사를 지닌

플로리안 카페나 프랑스 문학의 발상지인 레 뒤 마고 카페나 카페 드 플로르도 지역 주민에게는 동네 카페입니다. 시애틀의 스타벅스 1호점도 동네에 살고 있는 사람들에게는 커피를 사 마시는 동네 카페인 것이지요. 마찬가지로 우리 동네에 있는 카페도 여행을 떠나온 사람들에게는 신비로운 장소가 됩니다. 아직 가보지 않은 미지의 여행지인 셈이지요. 카페가 여행을 떠날 수 있는 곳이라는 의미가 부여되는 순간 카페는 더 이상 커피만 마시는 곳이 아닙니다. 여행을 떠날 수 있는 특별한 장소로 변신하게 됩니다. 커피 식객들이 독특하고 맛있는 커피를 마신다고 찾아다니는 곳들도 알고 보면 그 지역 동네 카페들이거든요. 이렇게 새로운 시각으로 바라보면 우리 주변에서 떠날 수 있는 여행지가 많아지게 됩니다. 아직 발길이 닿지 않았던 도심 속 동네 카페와 한 시간 내로 이동할 수 있는 근교의 자연 속 카페들이 후보지가 되겠지요. 멀리 비행기를 타고 떠나야 하는 여행이 아니라 일상 속의 작은 여행들이 주변에서 기다리고 있는 것입니다. 버스를 타고 전철을 타고 가로수 길을 걸어 다니면서 여행을 떠날 수 있습니다. 여행 떠나기를 좋아했던 《월든》의 저자 헨리 데이비드 소로우는 《구도자에게 보낸 편지》에서 말합니다. "먼 곳을 여행하는가는 중요하지 않다. 얼마나 깨어있는가가 더 중요하다."고 말이지요. 삶에서 잠깐 벗어나 새로운 기운을 느끼고 싶을 때 도심 속 여행을 떠나 보는 겁니다. 자기만의 새로운 여행길을 개척하면서 내 마음이 쉴 수 있는 나만의 공간을 발견하는 것이지요. 카페 테라스나 통유리가 있는 창가에 앉아 삶의 풍경도 바라보는 겁니다. 한 편의 영화를 보듯 지나다니는 사람들은 배우가 됩니다. 아이와 손을 잡고 다니는 엄마도 보고, 바쁘게 서류철을 들고 뛰어가는 직장인도 보고, 친구들과 수다를 떨며 해맑게 웃는 학생들도 보고, 혼자 생각에 잠겨 걷는 사람도 보고요. 여행은 남들이 사는 방식에 대한 구경이라고 《나의 문화유산 답사기》의 저자 유홍준 교수는 말했습니다. 내가 살아온 것과 다른 삶들을 객관적으로 살펴보고 생각할 수 있는 기회가 주어지기 때문입니다. 이렇게 여행길에서 느끼고 경험한 작은 에피소드들이 다시금 나만의 인생 앨범에 차곡차곡 채워져 갑니다.

여행은 계속되어야 한다

스타벅스의 하워드 슐츠 회장은 "카페는 오아시스다."라고 말했습니다. 사막을 여행할 때 오아시스를 발견한다면 참 기쁠 겁니다. 물도 있고 쉴 수도 있는 곳이니까요. 여행의 목적지로써 찾아가던 카페를 저 멀리 발견했을 때의 기분과 같을 겁니다. 보고 싶던 친구를 만났을 때의 기쁨과 공항에서 기다리던 가족이 나왔을 때의 기쁨처럼 여행의 목적지에 도착한다는 것은 기다림 끝의 만남이자 발견의 기쁨을 줍니다. 여기 여행에서 느낄 수 있는 또 하나의 다른 기쁨이 있습니다.

《여행하면 성공한다》의 저자 김영욱, 장준수 작가는 여행을 떠나서 가장 많이 하는 것 중 하나가 맛집을 찾아다니는 일이라고 말합니다. 여행을 떠나는 즐거움 중에 하나가 맛있는 것을 맛보는 기쁨이라고요. 그곳에서만 만날 수 있는 갓 볶은 신선한 커피로 목도 축이고 딸기 케이크, 롤 케이크, 마카롱 같은 디저트로 허기도 달래며 달콤한 시간을 즐깁니다. 사진도 찍고 피곤했던 다리도 풀어주면서 말이지요. 《카페를 사랑한 그들》의 저자 크리스토프 르페뷔르는 "카페는 안식처다. 안식처는 즐거움과 휴식이 있는 곳"이라고 말합니다. 한숨 돌리면서 온전한 여행의 시간들을 즐기는 것입니다. 행복한 시간을 보내고 일상으로 돌아와서는 여행의 추억들을 간직

하게 됩니다. 내 이름 석 자로 만들어진 인생의 앨범에 한 페이지를 장식하게 되지요. 다녀왔다는 기쁨은 순간적으로 사라질지 모르지만 느꼈던 감정의 기억과 추억은 오랫동안 남을 것입니다. 일상으로 복귀한 후에도 커피를 골라 마시듯 좋은 추억도 뽑아 보면서 커피와 함께 즐기는 것이지요. 여행의 추억도 함께 마시는 것입니다. 그리고 여행지에 대한 좋은 추억을 되새기며 다시금 떠날 준비를 하는 겁니다. 행복학의 권위자인 숀 아처《행복의 특권》저자는 다가올 즐거운 일에 대한 기대가 실질적인 경험과 마찬가지로 뇌의 쾌락중추를 활성화시킨다고 합니다. 여행을 다시 준비한다는 생각만으로도 설렘을 선물해준다는 말입니다. 여행은 계속되어야 하잖아요. 그 여행할 장소에 대한 조언은 어디에나 널려 있지만, 우리가 가야 하는 이유와 방법에 대한 이야기는 듣기 힘들다고《여행의 기술》의 저자 알랭 드 보통은 말합니다. 장소에 대한 정보는 인터넷이나 책에서도 많이 참고할 수 있는 시대입니다. 그리고 여행을 떠나는 이유야 사람마다 모두 다를 것이지만 여행은 그 자체만으로 설렘을 주고, 만남의 기쁨을 주고, 여유와 휴식을 주며, 추억의 앨범을 선물해줍니다. 작게 떠나보는 여행은 비용 대비 얻을 수 있는 것이 많은 삶에 대한 투자입니다. 우리네 삶이 한 편의 영화라고 한다면 주인공은 나 자신이겠지요. 영화 속 앨범은 우리가 떠날 여행의 추억들로 채워질 것이고요.

아직 가보지 않은 곳이 많습니다. 아주 멀리 떠나지 않아도 가야 할 곳은 많이 있습니다. 갔던 곳을 또 가면 어떻습니까? 좋은 추억거리를 가져오면 되지요. 부담 없이 먼 길을 가는 수고를 하지 않아도 되는 도심 속 작은 여행이 좋은 이유입니다. 앨범을 만들 수 있는 시간은 한정되어 있기 때문에 여행은 더 값진 모습으로 우리에게 다가올 것입니다. 무엇보다도 따뜻한 봄 햇살, 차분히 내리는 비, 붉게 물든 단풍, 하얗게 쌓인 눈처럼 계절이 바뀔 때마다 같은 장소도 다른 모습의 여행지가 되는 게 자연에게 고마운 일이기도 합니다. 삶 자체가 여행입니다. 살짝 떠나보는 커피 여행 어떠신 가요? 행복한 사람들은 종종 커피여행을 떠난답니다.

알아두면 유익한 좁고 얕은 커피상식

● 한국에는 카페가 몇 개나 있나요? ●

카페는 길을 걸어가다 보이지 않는 것이 더 이상할 정도로 우리들에겐 친숙한 존재이지요. 동네마다 자리를 잡고 있지만 모두 합하면 과연 어느 정도가 될지 궁금했던 적 없으셨나요? ㈜한국콘텐츠미디어는 대한민국에 약 32,000개의 카페가 운영한다고 발표했습니다. 프랜차이즈로 브랜드를 갖고 있는 카페가 약 6,500개였습니다. 점주 개인들의 특색을 갖고 운영하는 커피전문점이 약 18,000개였고요. 애견카페나 스터디카페, 북카페, 키즈카페처럼 독특한 테마를 갖고 운영하는 카페가 약 8,000개였습니다. 우리네 삶 속에 없어서는 안될 커피 문화가 스며들게끔 도와준 것이 카페였지요. 커피를 활용하면서 행복을 만들어가는 것처럼 카페 역시 목적에 맞추어 현명하게 활용하고 이용하면 좋겠습니다.

CHAPTER

즐거움

ENJOYMENT

누군가와 함께이거나 혼자서 마시는 커피, 그리고
커피를 마시면서 할 수 있는 활동 중에는
즐거울 수 있는 일들이 참 많습니다.

Enjoyment 1

잃어버린 어제
오늘 그리고 행복

하루의 즐거움을 무엇으로 시작하시나요? 집 밖을 나왔을 때 상쾌한 공기를 마시는 것인가요? 아침이라 더욱 맑은 하늘을 바라보는 것인가요? 아니면 밤새 능력이 업그레이드가 된 게임 주인공의 상태를 확인하는 것인가요? 즐거움을 느끼는 일들은 사람마다 참 다양하겠지요. 제가 회사에 몸담고 있을 때 하루의 즐거움은 커피로 시작됐습니다. 커피가 더욱 달콤한 이유가 있었습니다. 그 이유는 회사까지 가는 여정이 쉽지 않았기 때문입니다. 서울 강남에 있던 사무실 덕에 출근길은 매번 고생길이었습니다. 조금만 늦어도 전철에 발도 못 들인 채 튕겨져 나갔거든요. 출근시간 아침엔 승객들을 밀어 넣는 안전요원들도 고생을 합니다. 겨울이면 그래도 참을

만한데 한여름의 출근길은 정말 괴롭습니다. 서로 밀착된 상태에서는 에어
컨을 틀어놔도 소용없거든요. 사람들 틈 속에서 잘 다려 입은 셔츠가 구겨
지고 파도에 이리저리 휩쓸리듯 한바탕 전쟁을 치르듯 출근하는 길은 마치
퇴근하는 길 같습니다. 아침부터 기운이 쭉 빠져버리거든요. 그래도 출근
길이 즐거운 이유 중 하나는 사무실에 도착해 잠깐이라도 편히 앉아 맛있
는 커피를 마실 생각 때문입니다. 여름이면 시원한 커피로, 겨울이면 따뜻
한 커피로요. 다양한 종류의 인스턴트커피를 준비해놨기 때문에 '오늘은
무엇을 골라 마셔 볼까?'라는 행복한 고민을 하는 게 하루 즐거움의 시작이
었습니다. 그리고 책 읽는 것을 응원하고 독려하는 문화를 가진 회사였기
에 자연스럽게 커피 한잔 마시면서 10분이라도 책을 읽을 수 있었거든요.
읽은 책 중에 미하엘 엔데의 소설 《모모》에 나오는 이발사 푸지 씨 이야기
를 잠깐 들려드릴게요. 즐거움에 관한 이야기입니다.

　푸지 씨는 미용 솜씨도 뛰어나고 일하는 것도 즐거워합니다. 다리가 불
편한 연인 다리아 양에게 매일 30분간 꽃을 들고 방문을 하는 로맨티스트
이며 귀가 어두운 어머니 곁에서 한 시간씩 이야기도 나누는 아들입니다.
애완동물 앵무새도 돌보고요. 책도 읽고 가끔 영화도 보면서 매일 밤 잠자

기 전엔 15분씩 하루 일과에 대한 명상도 합니다. 평범하지만 소소하고 작은 즐거움을 누리면서 행복하게 살고 있었습니다. 그래도 가끔 한번씩은 기분이 우울해지는 그런 날이 있잖아요. 시간이 좀 더 많았으면 좋겠다고 푸념을 하는 어느 날이었습니다. 푸지 씨에게 시간저축은행의 영업사원인 회색 신사가 기막힌 타이밍에 방문을 합니다. 일상에서 누리는 소소한 시간을 아껴 시간을 저축하라 말합니다. 그러면 복리까지 더해져 40년 뒤엔 쓸 수 있는 시간이 넘쳐난다고 말이지요. "푸지 씨 저축할 시간을 아껴야 합니다. 일을 더 빨리 하세요. 잡담을 피하세요. 어머니는 양로원에 보내세요. 앵무새도 팔아버리고 연인을 꼭 만나야겠다면 2주에 한 번만 짧게 만나세요. 15분 명상은 집어치우세요. 노래를 하고, 책을 읽고, 친구를 만나느라고 소중한 시간을 낭비하지 마세요." 시간저축은행만 믿으라는 회색 신사의 말에 푸지 씨는 홀딱 넘어가 버립니다. 시키는 대로 일상에서 즐거웠던 일들을 모조리 없애면서 시간을 아끼기 시작합니다. 더 저축하기 위해 시간을 쥐어짜는데도 이상하게 하루는 점점 짧아져만 갑니다. 어느새 일주일이 지나고, 한 달이 훌쩍 지나, 한 해, 또 한 해가 지나갑니다. 커피 한 잔 마실 시간조차 없이 즐거운 일상을 잃어버린 푸지 씨는 삶이 더 빈곤해지고, 차가워져 자신의 삶이 회색으로 변해가고 있다는 것도 알아차리지 못한 채 또 하루를 살아갑니다. 푸지 씨는 일상의 즐거움과 행복을 모두 잃어버리고 맙니다. 가끔 생각에 잠기곤 합니다. 과연 푸지 씨의 이야기가 소설에서만 나오는 이야기인지 말이지요.

Enjoyment 2
이 순간을 사는 즐거움

프랑스 뇌과학 전문가 장디디에 뱅상은 "우리 영혼이 내면에 간직하고 있는 잠재적 즐거움의 목록은 마를 날이 없을 정도로 풍부해서 툭 하고 기회만 주어지면 언제든 그것들을 손에 넣고 싶은 생각이 난다. 길가에 피어 있는 꽃들, 카페의 테라스에서 우연히 마주친 미소 등 그 리스트는 끝이 없다."고 말합니다. 매일 행복하진 않지만 행복한 일은 매일 있다는 곰돌이 푸우의 말처럼 매 순간이 즐겁지는 않지만 우리 주변에 즐거운 일들은 있게 마련이거든요. 혹시 진심으로 즐거워하는 사람의 표정을 보신 적이 있으신가요? 어떠셨나요? 즐거움이 마음에서 우러나오는 사람은 숨길 수 없는 평온한 미소가 나온다는 것을 본 적이 있습니다. 기쁨에 차 있어 가식 없는 순수한 자신의 모습을 드러나게 되더라고요. 그 행복하고 좋은 기운이 옆에 있는 사람에게까지 전달되어 덩달아 활기가 느껴지고 즐거웠습니다. 이런 즐거움을 매일 그리고 자주 느낀다면야 얼마나 좋겠습니까? 하지만 이런 즐거움을 느끼기엔 앞에 놓인 해야 할 일들이 쌓여있지요. 고등학생은 입시 준비로, 대학생은 취업 준비로, 직장인은 승진과 결혼 그리고 육아에 이어 아이 교육과 지속적인 경제활동으로 노후까지 준비해야 하는 일들이 소금사막처럼 끝없이 펼쳐져 있습니다. 가야 할 길은 멀고 서둘러 가야 하니 주변의 아름다움을 둘러보기가 가끔은 힘들고 지치기도 합니다.

여기서 말하는 뜻은 모든 것을 뒤로한 채 즐기자는 말이 아닙니다. 바쁜 일상 속에서도 나 자신을 위해 소소하게 즐길 수 있는 즐거움을 잊지 말고 느껴보자는 말입니다. 벤자민 프랭클린은 이렇게 말했지요. "인간의 더없는 행복은 아주 드물게 얻을 수 있는 행운 조각들이 아닌, 날마다 얻을 수 있는 조그만 기쁨들로 만들어진다."고요. 커피 한잔의 휴식과 여유, 친한 친구나 아이와의 커피 타임, 카페에서 듣는 음악과 읽고 싶었던 책을 보는 것처럼 마치 자기 자신에게 선물을 해주는 것처럼 말이지요. 그런 즐거움이 있어야 스트레스도 풀리고 힘들었던 하루도 기분 좋게 마칠 수 있잖아요. 미국을 건국한 아버지라 불리는 벤자민 프랭클린도 친구들과의 커피 타임을 즐기며 이야기를 나누고 그 생각을 행동으로 옮기는 매 순간을 살아가는 사람이었답니다.

Enjoyment 3

커피가 주는 즐거움, 무료

　행복한 하루의 시작은 밀크커피로 시작한다며 바람의 딸로 유명한 한비야 씨는 그녀의 에세이 《1그램의 용기》에서 말합니다. 밀크커피를 마시는 것이 별것 아닐 수 있지만 하루 종일 기분이 좋아지는 '소소한 행복의 조건'이라면서 뜨겁게 데운 우유에 가루커피 두 스푼, 각설탕 반 개를 넣어 즐겨온 지가 벌써 30년도 더 넘었다고 하네요. 밀크커피를 준비하고 마시는 시간은 짧을지라도 오랜 시간 누려온 한비야 씨의 즐거움인 것이지요. 보통 즐겁다고 하는 것은 자동차를 새로 뽑고, 집도 새로 사고, 결혼을 하는 것처럼 대단한 일을 기대하기도 하잖아요. 하지만 행복은 복권 같은 큰 한 방으로 얻게 되는 것이 아니라 일상에서 누릴 수 있는 작고 소소한 즐거움에 가랑비 옷 젖듯 얻게 되는 것이라고 《행복의 기원》의 저자 연세대학교 서은국 교수는 말합니다. 그 이유는 어떤 일로 큰 기쁨을 느껴도 시간이 지나면 예전의 행복도로 돌아가 버리는 사람의 적응력 때문이었습니다. 그토록 원하던 회사나 학교에 합격한 기쁨은 일 년이 지나보면 알게 됩니다. 무덤덤해지는 경우가 적지 않잖아요. 그래서 서은국 교수님은 모든 쾌락은 곧 소멸되기 때문에 한 번의 커다란 기쁨보다는 작은 기쁨을 여러 번 느끼는 것이 즐거움을 위해 좋다고 말합니다. 이쯤에서 일상에서의 즐거움을

그래, 잠깐만, 오늘 일만 끝내고, 이번 주만 넘기고
올해만 넘기면, 애들 학교만 마치면
애들 시집장가만 보내놓고, 이것만 지나면 저것만 지나면
만약 우리가 평생을 그렇게 산다면요.
그러면 뭐가 남죠? 죽음이죠.
그래서 우리는 지금 이 순간을 사는 연습을 하는 겁니다.

〈KBS 특집다큐 다르마의 치유〉편에 나온 마음 챙김 치유사 중 자주 느끼기 위한 조언과 방법이 필요할 것 같네요.

《하루에 적어도 네 개의 즐거움》의 저자 에블린 비손 죄프루아는 개인적으로 즐거움을 느끼는 일들을 25~30가지 정도 목록을 만들어보라고 말합니다. 카페에 앉아 커피 한잔 마시면서 가볍게 적어볼 수 있는 일입니다. 내가 무얼 좋아하고 즐거움을 느끼는지 생각할 기회도 생기고요. 지난날을 돌아보면 하루 중 나를 위한 시간은 어느 정도였는지도 알 수 있습니다. 내 인생의 주인공이 된다는 말은 내 시간의 주인이 된다는 것이잖아요. 평소 생각을 해보지 않았기 때문에 리스트를 뽑는 것이 힘들 수도 있겠습니다. 우선 20개를 찾아보되 더 많이 찾기 힘들다면 10개라도 좋습니다. 에블린은 그중에서 하루에 적어도 네 개의 즐거움을 골라 행복을 느껴보라고 말합니다. 인생은 한 상자의 초콜릿 같다고 말하는 포레스트 검프의 어머니처럼 말입니다. 충분히 즐기고 있었다면 감사한 마음으로 지속하면 되고 부족했다 싶으면 좀 더 골라보면 됩니다. 이어 에블린은 자신을 즐겁게 한다는 것은 자신을 더 많이 사랑하기 위한 수단이 된다고 말합니다. 나를 사랑하기 위한 즐거움은 저기 먼 곳이 아니라 내 주변 가까이에 있는 것이죠. 사람마다 개성이 다르듯 자신의 즐거움을 찾아 느끼는 것만큼 행복한 일이 있을까요? 매일 누군가와 함께 아니면 혼자 마시는 커피. 커피를 마시면서 할 수 있는 활동들에서 즐거울 수 있는 일들이 참 많잖아요. 아니면 양광모 시인의 〈무료〉라는 시처럼 커피 한잔 들고 주변의 아름다움을 무료로 즐겨도 좋고요.

따뜻한 햇볕 무료
시원한 바람 무료
아침 일출 무료
저녁 노을 무료
붉은 장미 무료
흰 눈 무료
어머니 사랑 무료
아이들 웃음 무료
무얼 더 바래
욕심 없는 삶 무료

- 〈무료〉 중에서

커피 한잔에 이 모든 즐거운 것들이 무료입니다. 커피 한잔과 함께 여러 가지 즐거움을 느껴보시는 것 어떠신가요? 매일 시처럼 즐겁게 사는 겁니다. 사랑하는 사람들과 말이죠.

알아두면 유익한 좁고 얕은 커피상식

● **집에서 커피를 즐기는 방법엔 무엇이 있나요?** ●

스타벅스는 신선한 원두가 가진 특성을 잘 살려 맛있게 커피를 추출하는 방법으로 커피 프레스를 추천하고 있습니다. 커피 프레스는 분쇄한 커피 원두를 물에 넣고 우려내는 간단한 추출 방법입니다. 신선한 원두에서 나오는 커피 오일도 종이 필터가 아닌 금속 필터를 통해 온전히 즐길 수 있는 방식입니다. 모카포트는 이탈리아에서 한국의 전기밥솥처럼 집집마다 가지고 있는 필수 생활용품입니다. 카페에서 마시는 에스프레소처럼 진한 커피를 추출할 수 있는 기구입니다. 100℃의 끓는 물에서 커피가 추출되기 때문에 맛은 다소 무겁지만 우유를 넣어 마시거나 바닐라 아이스크림과 함께 먹으면 환상의 궁합이 무엇인지 느낄수 있습니다. 나만의 개성을 살려 커피를 내려 마시고 싶다면 핸드 드립을 추천해 드리고 싶습니다. 핸드 드립 세트를 준비하고 여과지에 원두를 갈아 넣은 후서서히 물을 부어 중력의 힘으로 추출하는 방식입니다. 원두의 분쇄 크기, 물의온도, 추출 시간에 따라 다른 맛을 냅니다. 모든 추출 방법엔 정성과 시간이 들어갑니다만, 핸드 드립은 실시간으로 커피가 추출되기 때문에 긴장의 끈을 갖고 더욱 신경을 쓰게 됩니다. 정성을 다해 내린다는 표현이 알맞을 것 같습니다. 그래서 커피 장인들의 커피를 찾아 다니며 마시는 커피가 핸드 드립 커피입니다. 최근엔 다양한 맛의 커피 캡슐을 골라 즐길 수 있는 캡슐 커피 머신이나 여러 종류의 인스턴트커피만으로도 얼마든지 커피 타임을 즐길 수가 있습니다. 아니면 찬물로 오랜 시간 동안 우려낸 더치 커피를 카페에서 구입해 냉장 보관하면서 숙성시켜 마시는 것도 좋습니다. 커피라는 것이 만들기 어렵고 비싸야만 좋은 커피는 아닙니다. 진짜 좋은 커피란 내 입맛에 맞는 커피랍니다.

CHAPTER

공부

STUDY

공부를 통한 자기완성이라는 인생의 마라톤을 위해
커피와 함께 뛰는 건 어떠신가요?

자기완성을 추구하는 것

주말에 도서관을 가보면 자녀들과 함께 공부하는 어른들을 심심치 않게 볼 수 있습니다. 세련되게 텀블러에 커피 한잔 타오지만 다른 사람들에게 피해가 될까 매너 있게 뚜껑도 꽉 닫고요. 본인들이 공부할 인터넷 강의도 보면서 참고할 책들도 옆에 둡니다. 틈틈이 아이가 공부할 책과 자료도 여기저기 다니며 함께 골라주고요. 함께 책을 고르는 모습이 참 보기 좋더군요. 이 부부는 공부가 앞으로 펼쳐질 자녀의 인생과 자신의 남은 인생에 어떤 영향을 끼칠지 아는 것이겠지요. 정신과 전문의 이시형 박사는 공부는 평생 해야 하는 일이며 살아가는 것 그 자체라고 그의 저서《공부하는 독종이 살아남는다》에서 말합니다. 우리 조상들은 공부하는 것과 사람이 되어 간다는 것을 같은 문제로 생각하며 삶과 앎을 동일시했다고 말이지요. 태어나 죽을 때까지 멈추지 않고 하는 것이 공부니까요. 공부한다는 것에 대해 한번쯤 생각해볼 만한 영상이 있어 소개하고자 합니다. 바로 EBS 지식채널e의〈왜 공부를 하냐고요〉편인데요. 장애인야간학교를 다니는 학생들의 이야기입니다.

몸이 불편한 한 학생은 전동 휠체어를 타고 학교로 출발합니다. 등교하는 길이 멀고 험합니다. 전철로 한 시간 반이 걸리는데다 계단도 많아 역무

원의 도움을 받아야만 합니다. 차가 지나다니는 좁은 도로를 지나 언덕 위에 위치한 학교로 올라가야 합니다. 상황이 이렇다 보니 집에서 나가기가 가끔 힘들겠지요. 하지만 공부하러 가지 않았을 땐 꼭 후회했다고 말합니다. 그렇게 도착한 학교에서 그가 배우는 것은 바로 한글입니다. 교실 급훈은 '빨리 한글 깨우치고 우리도 영화 보자'입니다. 낮에는 현장에서 일을 하고 야간에 공부를 하러 오는 직장인들도 있습니다. 방송 피디가 학생들에게 공부를 왜 하느냐고 묻습니다. 공부하는 과정이 즐겁기 때문이라고 말하는 학생도 있고, 부모님이 돌아가시고 홀로 남은 내가 살아가기 위해서라고 말하는 학생도 있었습니다. 마지막 학생은 말하기가 쉬워 보이진 않았지만 또박또박 말합니다. "왜 공부를 하게 됐냐고요? 그럼 '인터뷰 하시는 분은 왜 사세요?'라고 묻고 싶어요."라고 말이지요. 공부를 한다는 것은 살아간다는 말과 같은 뜻인가 봅니다. 공부란 무엇이기에 이토록 삶과 밀접한 관계를 평생 유지하고 있을까요? 대답하기 쉽지 않은 질문이기에《공부하는 삶》을 번역한 이재만 역자의 말을 빌려야겠습니다.

"공부란 자신의 완성을 추구하는 것이다."

격려와 위로의 커피 한 모금

　학창시절을 끝으로 공부는 남의 이야기가 된 것 같습니다. 요즘은 대학입시를 준비하는 학생들만 공부하는 시대가 아니지요. 취미 생활을 더욱 재미있게 즐기기 위해서 공부를 합니다. 직장인들도 자신의 일터에서 성과를 내기 위해 전문 분야를 공부합니다. 자녀가 훌륭하게 성장할 수 있도록 젊은 부부는 육아와 양육에 대해서 공부를 합니다. 집에서 기르는 반려동물을 잘 이해하고 훈련시키기 위해서도 공부가 필요합니다. 동물들에게 사람과 함께 살아가는 기술들을 가르쳐줍니다. 기업은 인재개발원과 교육부서를 두고 예산을 들여 직원들의 교육에 투자를 합니다. 사내에서 북카페를 운영하면서 공부하기를 독려합니다. 기업가들은 전쟁터와 같은 비즈니스 세계에서 생존을 위한 인문학과 사람에 대한 공부를 합니다. 이처럼 모두가 저마다의 목적을 갖고 공부를 하고 있지요. 누군가에겐 전문가가 되기 위한 과정일 수 있고, 다른 누구에게는 호기심을 풀어가는 과정일 수 있습니다. 일상생활에서 행복해지자고 공부를 하지만 그 과정이 늘 즐겁지만은 않습니다. 열심히 하곤 있지만 불확실한 미래가 걱정도 되고 때론 풀리지 않는 문제로 자신의 머리를 한탄하며 스트레스를 받기도 합니다. 이럴 때면 종이컵에 커피 한 잔 들고 바깥 바람을 쐬러 나가거나 건물 옥상에 올라가 하늘을 바라봅니다. 기분 전환도 하면서 말이지요. 아니면 잠시 자리에서 벗어나 시원한 물도 한잔 마시고요. 마음을 다잡아 보고자 커피도 한잔 타오며 스스로에게 격려도 보내봅니다.

대학에서 강의를 하다 보면 커피를 마시면서 수업을 듣는 학생들이 꽤 됩니다. 공부를 하면서 커피를 마시는 데는 이유가 있었습니다.《커피 한잔의 힘》오카 기타로 박사는 커피 한잔의 향기가 우울증을 날리고 기분을 좋게 만들고 팽팽한 긴장을 풀어주는 효과가 있다고 말합니다. 일본 쿄유린 대학의 코가 요시히로 교수는 커피 향과 지적 작업의 상관관계를 연구하면서 커피 향을 맡은 뇌에서 긴장을 풀어주고 안정을 취할 때 나타나는 뇌파인 알파파가 강하게 나타난 것을 발견했거든요. 이후 연구에서는 커피 향을 맡으면서 작업을 하고 공부를 했을 때의 성적이 더 좋다는 결과를 얻었습니다. 공부하다 보면 배가 고파 진한 커피를 마시기도 하고, 졸음을 쫓기 위해서도 마시고, 집중력을 위해서 마셨던 커피가 사실은 향긋한 향으로 정서적인 안정을 주고 있었던 것입니다. 보이지 않는 공부의 수호천사처럼 말이지요.

카페에서 공부하는 이유
백색소음

    카페에 가면 흔히 보이는 사람들이 공부하는 사람들입니다. 간혹 이해가 되지 않는다고 말하는 사람도 있습니다. 아니 음악도 들리고 사람들도 대화하는 곳에서 무슨 공부가 될까 싶습니다만 그게 그렇지가 않습니다. 미국 시카고 대학 소비자연구저널의 연구에 따르면 카페에서 공부가 더 잘된다고 말합니다. 백색소음 때문인데요. 주파수가 일정해 귀에 거슬리지 않고 쉽게 익숙해져 주변 소음들을 덮어주는 순기능을 합니다. 파도소리나 빗소리 등 자연의 소리가 귀에 계속 거슬리지 않는 것처럼요. 이런 백색소음이 있는 곳에선 집중력이 47퍼센트, 기억력은 9퍼센트 향상하고, 스트레스는 27퍼센트 감소 그리고 학습 시간은 13퍼센트를 단축시키는 효과가 나왔습니다. 카페에서의 소음도 백색소음에 속해 업무나 공부를 하는 사람들도 눈에 많이 띕니다. 자신이 좋아하는 단골 카페에서 공부했다던 회계사 한 명을 소개해 드릴게요. 금융감독원은 제48회 공인회계사 합격자를 발표했는데 수석 합격의 영예를 오현지 회계사가 차지했습니다. 그녀는 카페에서 공부를 했다고 합니다. 좋아하는 노래와 음악이 들리고 편안한 의자에서 밖을 쳐다보면 노을이 지는 풍경을 카페에서 즐기면서 수험생활을 보냈다고 하네요. 너무 조용한 공간보다는 사람들의 대화소리와 음악이 들리고 탁 트인 카페에서 공부가 더 잘 되었기에 단골 카페도 생겼다고 말합니다. 그녀에게 카페는 자신의 미래를 준비하는 공간이었습니다. 젊은이들이 붐비는 홍익대학교 입구에는 출판사에서 운영하는 북카페들이 있습니다. 그곳에는 커피 한잔을 앞에 두고 책을 읽고 공부하는 사람들로 발 디딜 틈이 없습니다. 자연스럽게 책도 보고 이야기도 나눌 수 있는 분위기에 사람들이 몰리다 보니 자리를 차지하기도 쉽지가 않습니다. 치열하기까지 하더라고요. 그곳에 앉아있는 것만으로도 긍정적이고 따뜻한 기운에 한층 기분까지 좋아집니다. 지금도 공부하고 책 읽을 사람들은 모이라고 소리치는 북카페와 스터디카페는 자신의 미래를 힘차게 열어가려는 사람들의 열기로 가득하답니다.

나의 삶을 살기 위하여

현대사회에서 하는 공부는 앉아서 하는 공부만을 말하지 않습니다. 이동하면서도 공부를 할 수 있는 인터넷 시대에 살고 있잖아요. 카페에 가면 제일 먼저 하는 것이 메뉴를 먼저 살펴보는 것이 아니라 무료로 인터넷이 연결되는지 와이파이 비밀번호부터 살펴보잖아요. 《리들》의 저자 앤드류 라제기는 기술, 엔터테인먼트, 디자인 분야에서 사람들에게 알릴 만한 아이디어로 세계적인 강연회를 펼치는 TED^Technology, Entertainment, Design가 현대판 커피하우스라고 말합니다.

중세 영국의 커피하우스는 1페니 대학이라 불릴 만큼 지식과 정보가 오고 가는 장소로 활용되었습니다. 이젠 휴대폰에서 사용 가능한 무선 인터넷을 통해 세계 석학들이 수고스럽게 연구한 내용이나 기업가들의 노하우를 생동감 있게 무료로 공부할 수가 있는 시대이지요. 권위 있는 대학이

나 특정한 기업에 입사해 연줄이 닿아야만 배울 수 있는 내용을 쉽게 접할 수 있는 시대잖아요. 비싼 수업료를 내지 않아도 되고요. 억지로 배우지 않아도 됩니다. 자신에게 필요한 내용을 찾아 공부하고 적용시키는 공부가 재미도 있고 의미도 있겠지요. 사람은 누구든지 자신의 삶을 자기 방식대로 살아가는 것이 바람직하다고 존 스튜어트 밀은《자유론》에서 말합니다. 그렇게 살아가기 위해선 공부가 필요합니다. 자신이 원하는 삶이 어떤 삶인지를 알아야 하고 어떻게 살아갈 것인지도 알아야 하기 때문입니다. 알기 위해서 공부가 필요하겠지요. 공부가 필요한 또 다른 이유는 생물이란 존재는 주위 환경과 세계를 알게 됨으로써 능숙하게 생존해갈 수 있다고 《나는 이런 책을 읽어 왔다》의 저자 다치바나 다카시는 말합니다. 그렇기 때문에 그가 말하길 모든 사람들은 알고 싶어 하는 욕구를 가지고 있다고 합니다. 그래서 사람들은 평생 책을 읽고 대화를 하며 생각을 통해 깨달음을 얻는 공부를 하는 것이라고 말이지요. 다치바나 다카시는 말하기 부끄럽지만 나이가 들어갈수록 공부하는 것이 정말 좋다고 말합니다. 즐겁다고 말이지요. 놀고 싶은 욕구보다 알고 싶은 욕구가 더 강하기 때문에 지적 욕구를 충족시키는 행복한 삶을 살고 있다고 말하네요.

공부는 색다른 의미로 보자면 스스로를 축하하기 위한 일이기도 합니다. 미국의 건강관리 전문가인 말로 모건은 호주 원주민 '참사람 부족'과 함께 지냈던 이야기를 엮어 《무탄트 메시지》를 펴냅니다. 책의 저자가 공부와 관련해 깊이 명심해 두어야겠다고 마음먹은 대화가 하나 있습니다. 원주민들과 같이 여행을 하던 어느 날이었습니다. 모건이 생일 파티에 대한 이야기를 하자 그들이 관심을 보이는 겁니다. 쭉 설명을 이어나갔습니다. 생일 선물을 건네주면서 축하 노래를 불러주고 케이크에도 촛불이 하나 더 늘어난다고 말이지요. 다 듣고 나자 원주민들이 고개를 갸우뚱거립니다. 그들은 축하란 무엇인가 특별한 일이 있을 때 하는 것인데 나이 먹는 것이 무슨 특별한 일이냐고 묻습니다. 나이는 저절로 먹어지는 것이라며 아무런 노력도 필요 없다고 말이지요. 이에 모건은 그러면 당신들은 무엇을 축하하느냐고 묻자 그들이 대답했습니다.

"나아지는 걸 축하합니다.
작년보다 올해 더 훌륭하고 지혜로운 사람이 되었으면
그걸 축하하는 겁니다. 하지만 그건 자기 자신만이 알 수 있습니다.
따라서 파티를 열어야 할 때가 언제인지를 말할 수 있는 사람은
자기 자신뿐이지요."

공부를 통해 성장하는 삶을 사는 것이야말로 축하할 일이라고 말이지요. 이런 공부를 평생 하는 데 있어 혼자라면 조금 버거울 수도 있겠습니다. 이때 필요한 것은 공부의 페이스메이커입니다. 페이스메이커는 마라톤을 뛸 때 선수 옆에서 격려해주고 컨디션을 유지할 수 있도록 도와주는 사람이지요. 나의 페이스메이커는 누구인가요? 언제든 지치고 힘들 때 내 마음을 위로해주고 힘도 낼 수 있게 격려해주는 존재 말입니다. 공부를 통한 자기완성이라는 인생의 마라톤을 위해 커피와 함께 뛰는 건 어떠신가요? 삶이 한층 더 성숙해지고 성장했음에 스스로 축하해주면서 말이지요. 커피는 말없이 묵묵하게 내 옆을 지켜주는 든든한 페이스메이커가 되어주는 데 결코 망설이지 않을 것입니다.

알아두면 유익한 좁고 얕은 커피상식

● 한국의 커피 시장 규모는 어느 정도인가요? ●

발표하는 기관마다 시장 규모 집계가 4조 6,000억 원에서 소비자 지출액 기준으로 6조 1,000억 원까지 다양하게 집계가 되고 있습니다. 최근에 집계된 SK증권이 분석한 결과에 따르면 한국의 커피 시장 규모는 약 5조 4,000억 원으로 추정된다고 합니다. 믹스커피를 포함한 인스턴트커피가 약 1조 8,000억 원이었고요, 커피전문점을 포함한 원두 커피 시장이 약 2조 5,000억 원, 그리고 캔 커피나 컵 커피처럼 바로 마실 수 있는 RTD^{Ready To Drink}커피 시장의 규모는 약 1조 1,000억 원 정도로 추산된다고 합니다. 소프트웨어 시장과 아웃도어 시장 매출과 맞먹는 수준이라고 하는데요. 삶의 일상 문화로써 소비를 하고 있는 것이지요. 한국비즈니스정보가 출간한 〈2016년 업계지도〉에 따르면 최근 5년간 신용카드 이용이 가장 빈번했던 항목 중 하나가 바로 커피 전문점이었다고 합니다. 커피 시장의 정확한 규모를 집계한다는 것은 어려울 수 있겠지만 규모는 계속 성장하고 있다는 것과 여기서 파악할 수 있는 확실한 한 가지가 있습니다. 그것은 바로 커피는 이제 삶의 일상이자 문화가 되었다는 것이겠지요. 그렇기에 커피를 삶의 문화로써 현명하게 잘 활용해야겠습니다.

CHAPTER

연구실
LABORATORY

커피 한잔 마시는 나만의 공간이 바로 내 영혼이 숨 쉬고
조용한 혁명이 일어날 수 있는 연구실이 될 것입니다.

Laboratory 1

시공간을 초월하는 지식사회

　글쓰기나 제안서 작업을 할 때마다 커피를 마셔서인지 컴퓨터 키보드 옆엔 커피 잔이 항상 놓여 있습니다. 왼손으로 커피를 마시기 때문에 커피 잔은 주로 왼쪽에 있고요. 어찌 보면 둘이 늘 함께 있기에 짝꿍 같은 느낌이 들기도 합니다. 어색하지도 않지요. 만약 이 둘이 대화를 한다면 어떨까요? 김이환 작가의 단편소설《커피 잔을 들고 재채기》에선 커피 잔과 키보드가 만나 이야기를 나누는 재미있는 상황이 연출됩니다. '나는 그저 커피 잔일 뿐이야. 머그잔도 아니라고. 나도 그냥 키보드일 뿐이야. 컴퓨터의 부속품이라고. 우리 둘은 각각의 물건이긴 하지만 우리 둘이 힘을 합치면 무엇이든 할 수 있지. 우리 둘은 힘을 합치면 단순히 컵이거나 컴퓨터 부속품이 아니야. 전지전능한 존재가 되지. 예를 들어 세상을 새로 창조할 수도 있어. 커피 잔과 키보드는 말했다.'

　차고에서 시작한 애플과 구글이 세상의 모습을 바꾸어 놓은 것을 보면 설득력이 있어 보입니다. 정보통신기술의 발달은 아이디어로만 존재하던 부가가치가 높은 사업들을 다양화시키고 발전시켰습니다. 우리네 일상에 존재하던 상품들과 서비스들이 인터넷과 휴대폰 안으로 들어가버렸잖아요. 래리 페이지와 세르게이 브린이 구글을 개발했던 것처럼 지식과 컴퓨터만 있으면 개인도 공장과 맞먹는 생산설비를 갖는 것과 마찬가지인 시대에 우리가 살아가고 있습니다. 컨설팅 회사에서 독립을 선언한 제 입사 동기는 시간을 자유로이 쓰면서 전보다 적게 일하고 돈은 더 많이 번다고 합니다. 그에게는 사무실이 따로 없습니다. 노트북만 있으면 집이든 카페든 앉은 곳이 제안서를 쓰고 견적서를 보내는 일터가 됩니다. 제 연인도 휴가를 보내고 있는 중에 회사에서 보고서 요청이 왔습니다. 근처 카페에서 작업을 하면 어떻겠냐고 하자 괜찮다며 가방에서 노트북을 꺼냅니다. 달리는 차 안에서 스마트폰으로 인터넷을 연결하더니 회사 인트라넷에 접속해 상사가 지시한 일을 마치더군요. 이렇게도 일을 할 수 있구나 싶었습니다.

현재 대기업에서 교육 담당을 맡고 있는 회사 선배는 기업교육컨설팅 회사에서 일한 경험으로 친구와 공동 창업을 했었습니다. 다채로운 프로젝트를 진행하면서 생생한 현장 경험을 쌓은 후 자신이 가진 모든 지식을 활용하고 응용할 수 있는 기업에 문을 두드려 모든 능력을 펼쳐내고 있습니다. 이런 일들은 개인이 가지고 있는 지식이 있기 때문에 가능한 일들입니다. 지식이 중요한 이유에 대해 피터 드러커 박사는 그의 저서《이노베이터의 조건》에서 이렇게 말합니다. "지식을 소유하고 있는 사람이 곧 생산 수

단을 소유하고 있는 사람이며, 그런 사람들은 성과를 낼 수 있는 기회, 성취
감을 느낄 수 있는 기회, 승진의 기회 등이 좀 더 큰 곳을 찾아 언제라도 옮
겨 갈 수 있는 자유를 갖고 있다.”고 말이지요. 지식이 있다면 개인의 세상
도 새로 창조할 수 있는 시대입니다. 지식을 개발하고 습득하는 것이 자신
이 하는 일에 대한 부가가치도 높이고 경제적인 여유도 만들어낼 수 있을
것입니다. 이것은 행복한 삶이 지속되는 데 도움이 되어줄 것이고요.

Laboratory 2

연구에서 나오는 나의 가능성

커피 장인들도 단 한 잔의 맛있는 커피를 만들기 위해 수없이 많은 원두를 볶으면서 최고의 맛을 내는 비율을 찾고 손목이 아플 정도로 많은 커피를 내리며 맛보고 연구를 합니다. 사람들 입에 오르내리는 커피 장인들을 보면 오랜 세월 동안 자기만의 색깔을 지닌 작품을 만들기 위해 끊임없이 연구해온 사람들이지요. 쌓여온 지식과 노하우가 깊고 남다릅니다. 그들이 내려주는 커피는 맛도 맛이지만 그 한 잔에서 남다른 기품이 느껴지지요. 그렇기 때문에 장인들이 손수 내리는 한 잔의 커피를 마시기 위해 사람들이 지속적으로 모여드는 것은 아닐까요?

《딜리셔스 샌드위치》의 저자인 유병률 기자는 앞으로 직장에서 자기 위치를 더 탄탄하게 갖추기 위해서라도, 언제든 홀로서기 할 수 있는 경쟁력을 갖추기 위해서라도 늘 연구하는 자세가 필요하다고 말합니다. 왜냐하면 앞으로는 사람이 기업보다 오래 사는 세상이기 때문입니다. 사람의 수명은 길어지고 기업의 수명은 짧아지고 있지요. 내가 지금 몸담고 있는 회사가 언제 어떻게 될지 아무도 장담할 수 없습니다. 일하고 싶어 하는 기업으로 꼽혀 지원자가 대거 몰렸던 거대 그룹사가 어느 순간 보이지 않기도 합니다. 기업 내에선 부서 이동도 심심치 않게 일어나고 있습니다. 언젠가는 내 자리도 후배들에게 물려줘야 하잖아요. 변화는 우리 주변을 맴돌고 있고요. 일을 통한 자아실현을 위해서라도, 능력개발을 통한 재정적인 독립을 위해서라도 연구하는 시간과 공간이 필요합니다. 지속 가능한 행복한 삶을 추구하는 스티븐 R. 코비 박사도 경제적인 안정에 대한 이야기를 강조합니다. 건전한 재정적 독립을 위해서라도 스스로 부를 창출할 수 있는 능력을 가져야 한다고 말이지요. 진정한 경제적 안정은 현재 다니는 직장이 아니라고 합니다. 사고하고, 학습하고, 창조하는 지식 창출 능력에 달려 있다고 말이지요. 고대 그리스 아테네의 정치가 페리클레스의 펠레폰네소스 전쟁의 추도 연설에서도 행복한 삶의 지속성에 대한 이야기가 나옵니다. 이 연설문은 시오노 나나미의 《로마인 이야기》에 나오는데 역사상 가장 뛰어난 연설 중 하나로 평가 받고 있기도 합니다. 그럼 연설문 내용을 살펴볼까요?

"우리는 질박함 속의 아름다움美를 사랑하며,
탐닉함이 없이 지식知을 존중한다.
우리는 부를 추구하지만, 이것은 가능성을 유지하기 위함일 뿐

어리석게도 부를 자랑하기 위함이 아니다."

　행복을 추구하기 위한 나의 가능성을 위해 지식과 부가 필요하다고 말이지요. 이를 위해 필요한 것이 개인 연구실입니다. 언제든지 책 읽고, 공부하고, 글쓰고, 음악 듣고, 생각할 수 있는 나만의 공간 말이지요. 학자들만 연구실이 필요한 것은 아니잖아요. 물론 카페나 도서관에서도 할 수 있지만 나만을 위한 영혼의 공간도 집 안에 만들어 보자는 겁니다. 심지어 휴대폰 게임에서도 아이템과 유닛들을 업그레이드 하기 위해 연구소를 운영하고 있으니 말이지요.

영혼의 장소에서
조용한 혁명을 일으키다

이제 개인 연구실을 마련해 볼까요? 마음 편안하게 쓰고 그림 그리고 좋아하는 사진들을 붙일 수 있는 공간의 대안으로 홈카페를 만드는 겁니다. 커피를 즐겨 마시는 사람들은 집 안에 홈카페를 꾸미는 것이 로망이기도 하지요. 맛있는 커피를 마시기 위해 직접 로스팅도 하고 핸드 드립으로 커피를 내려 마시기도 합니다. 홈카페를 위한 커피 머신과 커피를 추출할 수 있는 기구들에도 큰 관심을 보이면서 집에 들이고 있지요. 집 안에 독립된 나만의 공간을 만들고 있는 것이거든요. 홈카페를 만들기 위해 방 하나를 서재로 꾸미고 큰 책상에 커피 머신과 기구들을 둔다면 얼마나 좋겠습니까마는 공간 마련이 힘들지요. 좁은 식탁을 꾸미는 것도 불편할지 모릅니다. 가족들이 공동으로 사용하는 곳이니까요. 나만의 홈카페는 책상 하나로 작게 시작해 보는 겁니다. 그곳에서 음악을 틀고 커피를 마시면서 공부하고 책보고 글 쓰고 연구하는 것이지요.

《지갑, 방, 책상》의 저자 하네다 오사무는 책상은 인생을 풍요롭게 만드는 킬러 아이템이라고 말합니다. 꿈을 실현할 수 있는 작업 공간이 되기에 책상을 성스러운 장소라고 말합니다. 지식 창조 활동을 위해서는 어느 정도 집중할 수 있는 환경이 마련되어야 하기 때문입니다. 저자가 홈카페를

꾸민 곳은 방 한구석의 작은 책상 위입니다. 바로 앞 선반에는 선물 받은 커피 머신들과 여러 종류의 인스턴트커피 그리고 핸드 드립 세트를 비롯한 추출기구들이 놓여 있습니다. 카페를 옮겨온 듯한 홈카페를 개인 연구실처럼 쓰는 것입니다. 책과 메모지가 좀 어지럽게 놓여 있지만 어디보다도 편안함을 느끼고 마음을 다잡는 곳입니다.

책은 영혼이 있는 가구라고 《집을 철학하다》의 저자 에드윈 헤스코트는 말합니다. 벽돌과 마찬가지로 건축의 기본적인 구성요소라고 말이지요. 집에 돌아다니고 있는 책도 몇 권 책상에 올려두는 겁니다. 집 안에 존재하는 공간이지만 연구실에 들어서는 순간 또 다른 나만의 세계가 열리는 겁니다. 이곳에서 세상을 긍정적으로 변화시킬 수 있는 아이디어도 그려내고 커피도 마시면서 휴식과 여유도 즐깁니다. 소린 벨브스도《공간의 위로》에서 자기만의 공간을 갖는 것에 대한 중요성을 말합니다. "자기 공간을 의도적으로 꾸밈으로써 긍정적 변화를 촉진할 때 당신은 그 공간에 제 자신을 위한 소망과 열망의 씨앗을 뿌리고 있는 것이다. 당신에게 꼭 맞는 환경을 창조하라. 그 환경은 당신이 자신의 잠재력을 구현하도록 격려하고 개인적 변화와 성장을 추구하도록 영감을 준다. 그리고 성공과 성취와 당신이 살고자 하는 인생으로 조용히 당신을 이끌며 당신의 영혼을 가장 아름답게 표현하도록 자극한다."고 말이지요. 연구하고 공부한 지식이 세상도 바꾸고 나의 삶도 바꿀 수 있는 강력한 도구가 되었습니다. 내 삶의 게릴라가 되는 것입니다.

조용히 내가 원하는 바를 이루어내는 혁명은 말로만 이루어지지 않습니다. 혁명을 이루어낼 수 있는 지식이 있어야 하고 지식을 응용하고 개발하기 위해서는 연구가 필요합니다. 그 연구를 내가 가장 편하게 느낄 수 있는 장소이자 분위기 있는 홈카페에서 시작하는 것입니다. 화려하지 않아도 됩니다. 인스턴트커피와 커피 잔만 있어도 훌륭한 홈카페가 탄생합니다. 커피 한잔 마시는 나만의 그 공간이 바로 내 영혼이 숨 쉬고 혁명이 일어날 수 있는 연구실이 될 것입니다. 나를 응원해주는 공간에서 아름다운 혁명을 시작하면 좋겠습니다. 누구도 아닌 나를 위해서 말이지요.

알아두면 유익한 좁고 얕은 커피상식

• 스페셜티 커피란 무엇인가요? •

1982년 미국에서 설립된 스페셜티커피협회SCAA: Special coffee Association of America 의 규약에 따르는 커피를 말합니다. 일반적으로 시판되는 커피와는 차별화를 두기 위해 재배부터, 수확, 유통, 로스팅, 추출, 맛까지의 기준을 만들어 최상위 점수에 해당하는 커피를 스페셜티 커피라고 부릅니다. 하지만 커피를 만드는 기업이나 사람들은 자신들만의 방식으로 스페셜티 커피를 표현하기도 합니다. 프리미엄 커피라고도 하고요. 실은 스페셜티 커피에 대한 정의가 다양합니다. 무엇보다도 커피 장인들과 커피 기업들이 정의하는 자신들만의 엄격한 기준을 갖고 있기 때문입니다. 하지만 특별한 커피라는 이름에서 말하고자 하는 핵심 은 바로 자신들이 내놓을 수 있는 가장 좋은 품질의 커피이자 자신 있게 권할 수 있는 커피라는 점이겠지요.

CHAPTER

균형

BALANCE

커피는 삶의 균형을
자유롭게 선택할 수 있도록 도와주는 경이의 음료입니다.
매력 넘치고 빛나는 경이로운 삶은 내 손 가까이에 존재하고 있었습니다.

반짝 반짝 작은 별 아름답게 비추네.
서쪽 하늘에서도.
동쪽 하늘에서도.
반짝 반짝 작은 별 아름답게 비추네.

Balance 1

빛나는 별의 비밀

어렸을 적 많이 들어본 〈작은 별〉이라는 동요는 모차르트가 프랑스 파리로 여행을 떠나 민요를 변주곡으로 만들면서 유명해진 곡이지요. 동요처럼 기억에 남을 정도로 눈부시게 빛나는 밤하늘의 별을 보신 적이 있으신가요? 제가 살아온 삶이 길지는 않지만 지금까지 지내오면서 잊히지 않는 별들의 모습이 있습니다. 그것은 제가 아프리카로 배낭여행을 떠났을 때였습니다. 별들이 참으로 아름답고 신비롭게 느껴졌던 날이었죠. 사막에서 지내다 보니 특이한 점을 발견했습니다. 낮엔 숨 쉬기 불편할 정도로 무덥지만 밤엔 굉장히 쌀쌀하다는 것이었습니다. 목적지를 향해 가다 밤이 다가오면 사막 야영지에서 텐트를 치고 잠을 잘 준비를 합니다. 싸늘한 밤 기운에 모닥불도 피워놓고 동그랗게 둘러 앉아 불도 쬐고 커피도 끓여 마십니다. 커피 마시면서 이런저런 생각을 하고 있는데 깊은 밤이 다가왔지요. 하늘이 낮처럼 밝기에 무심코 고개를 들어보니 말로만 듣던 은하수가 머리 위에 펼쳐져 있는 겁니다. 깜짝 놀랐습니다. 별들이 어찌나 크고 밝고 화려한지 입을 다물 수가 없었습니다. 사랑하는 연인과 함께 있으면 설레고 떨리잖아요. 그 웅장한 광경에 넋을 잃고 보고만 있는데도 떨리더라고요. 말 그대로 별이 빛나는 밤이었습니다. 컵에 따뜻한 커피가 줄어드는 것이 아

쉬울 정도였지요. 맛있는 커피를 마시면서 조금 더 오랫동안 보고 즐기고 싶었거든요. 별이 밤하늘에서 이토록 눈부시게 빛날 수 있는 비밀이 있습니다. 그것은 별 스스로가 균형을 유지하기 때문입니다. 별 안의 수소 원자들이 서로 충돌하면서 엄청난 에너지가 지금 이 시간에도 폭발하고 있습니다. 별이 폭발하면 흔적이 없어져야 하잖아요. 하지만 이 폭발하는 에너지를 별의 중력이 다시 안쪽으로 끌어당기고 있는 겁니다. 앞으로 나아가는 힘과 뒤로 끌어당기는 힘의 균형에 의해 별은 빛이 나고 생명도 지속해 나아갈 수가 있습니다. 빛나는 별의 비밀은 바로 균형이었습니다.

자체발광, 사람의 아우라

빛난다는 표현은 별뿐만이 아니라 아름답고 매력적인 사람을 뜻할 때도 흔히 말하곤 합니다. '아우라'라고 하지요. 사람이 발산하는 독특하고 특별한 분위기를 뜻합니다. 분위기 난다는 것이 고급스러운 느낌이거든요. 그래서 분위기 있는 여자로 연출되는 커피 광고는 여배우들이 탐을 내는 자리였습니다. 그 시대의 아이콘이 아니면 출연하기 힘들었지요. 한국은 2000년대에 들어서 본격적으로 커피 광고가 시작되었습니다. 맥심 광고엔 영화배우 심은하 씨와 한석규 씨가 사랑을 주제로 연출을 했고, 초이스 광고엔 영화배우 이영애 씨가 등장해 입지가 탄탄한 디자이너로서 일에 대한 주제로 연출을 했습니다. 각 기업들은 커피를 통해 일과 사랑이란 주제를 각각 소비자들에게 어필한 것이었습니다. 하지만 커피는 이 둘을 균형 있게 포용합니다. 사람들은 커피를 마시면서 일과 공부를 하잖아요. 커피 한 잔의 여유와 함께 사랑하는 사람과 이야기를 나누며 시간을 보내기도 하고요. 미하이 칙센트미하이는 인간은 안락과 휴식을 통해 기운을 회복하려 하고 다른 한편으론 목표를 향해 자기를 던지는 데서 희열을 느낀다면서 이 두 가지가 모두 유용하고 필요하다고 그의 저서《어른이 된다는 것은》에서 말했습니다. 여기서 조금 의문이 생기지 않으신가요? 목표를 달성하기 위해서는 일만 해야 할 것 같은데 일과 사랑의 균형을 유지하라니 말입니다. 소위 사업에서 성공했다는 사람들을 보면 일만 할 것 같은데 속사정이 궁금하니 한번 살펴보겠습니다.

독일은 덴마크와 더불어 커피 소비 상위국입니다. 독일인들은 카페에서 커피를 서서 마시는 관습이 있는데 하루에도 몇 번씩이나 이런 시간을 즐긴다고 하네요. 이런 문화를 가진 독일과 덴마크에서 15개의 회사를 운영하는 마틴 베레가드는 레인 메이킹 사의 대표입니다. 그리고 사업에서 성공한 기업가 25명의 비밀이 담긴《스마트한 성공들》의 저자이기도 하고요. 그는 컨설팅 회사에 입사해 열정 넘치도록 하루 세 시간만 자면서 일하던 어느 날 복도를 걷는 도중에 쓰러져 잠이 들어버립니다. 베레가드는 이런 삶에 회의를 느끼다가 선한 영향력을 끼치는 회사를 창업하기에 이릅니다. 사업상 잘나간다는 기업가들을 만날 기회가 많았는데 계속 만나다 보니 예상치 못한 공통점을 발견하게 됩니다. 이들은 열심히 일해 백만장자가 되었지만 놀랍게도 가족과 자신에게 충분한 시간을 쓰고 있는 사람들이었습니다. 더 놀라운 사실은 일과 사랑의 균형을 백만장자기 되기 전부터 일상생활에서 늘 유지해오고 있었던 겁니다. 베레가드가 사람들을 만나면서 깨닫고 알게 된 사실들을 정리하고 책으로 낸 것이었지요.

영국 철학자 프란시스 베이컨은 빼어난 아름다움에는 무엇인지 모를 균형의 기묘함이 있다고 말하는데 이런 삶의 균형을 지닌 사람이 바로 별처럼 빛나는 사람 아닐까요? 일할 땐 일하고 쉴 땐 쉬고 사랑할 땐 사랑하는 균형을 아는 사람 말입니다. 얼굴엔 자신감이 넘치고 몸엔 힘이 넘칩니다. 다른 사람들로 하여금 기분 좋고 긍정적인 기운이 감싸 소위 분위기 있는 아우라가 발산되는 것입니다. 이를 위해 부담스러울 정도의 돈과 시간을 투자해야 하는 것은 결코 아닙니다. 평소 즐겨 마시는 커피를 우리네 삶 속에서 활용하면 됩니다. 커피 마시면서 집중해서 일하고 공부하고 좋은 사람들과 함께 보낼 시간을 마련하면 되니까요. 오스트리아의 정신분석학자 지그문트 프로이트는 행복의 요소가 무어냐는 질문을 받자 '일과 사랑'이라는 짧고 재치 있는 대답을 했다지요. 미국의 심리치료사 멜로디 비에티도 행복에 대해 한 문장으로 잘 정리해 놨네요.

"사랑하라, 그리고 하고 싶은 일을 하라."

Balance 3

커피가 사람을 빛나게 한다

　일과 사랑을 위한 커피 한잔을 들고만 있어도 매력지수가 상승한다는 말이 있는데 그냥 넘어갈 수 없겠지요. 〈헤럴드경제 라이프〉에 커피를 든 남자가 섹시하다는 기사가 실렸습니다. 커피는 일상생활에서 문화로 자리 잡은 것도 모자라 이제는 한 사람의 이미지도 상승시키는 아이템이 되었다고 말합니다. 커피 마시고 있는 남자들의 사진만을 모아 인스타그램에 올린 알렉스 투비는 게시물들의 인기가 많아지자 따로 웹사이트를 개설할 정도로 사람들의 호응이 많았습니다. 사진 속 남자들은 단지 커피를 주변에 두고 책을 읽거나 일을 하고 커피를 추출하는 모습이 연출되었는데 마치 화보 같았습니다. 남자인 제가 봐도 멋지더라고요. 인스타그램과 비슷한 사진 공유 소셜네트워크인 핀터레스트에는 할리우드 스타들이 커피를 들고

걷는 모습이나 테라스에 앉아 커피를 마시며 쉬고 있는 모습들만 모아 놓은 곳도 인기가 많습니다. 커피를 즐기는 모습만으로도 매력을 발산하는 기능을 하고 있었습니다. 박용천 한양대학교 구리병원 신경정신과 교수는 커피는 심리적으로 보면 고상하게 잘 포장된 상품과 비슷해서 커피를 마시는 사람은 왠지 우아하고 고급스러운 느낌을 갖게 된다고 말합니다. 커피를 들고만 있어도 어느 정도 분위기 나는 사람으로 보이기에 도움을 받을 수 있겠습니다.

이와 함께 사람에게서 풍겨 나오는 진정으로 고급스러운 느낌은 바로 삶의 균형에서 나오는 자신감이자 자긍심입니다. 이것을 가능하게 하는 것은 바로 균형의 경계에 서 있기 때문입니다. 경계를 품은 사람은 유연하고 강하다고 서강대학교 철학과 최진석 교수는 SBS CNBC 인문학, 최고의 공부 Who Am I의 강연 〈자신의 주인으로 산다는 것〉에서 말합니다. 경계를 품는다는 것은 한쪽에 치우치지 않고 양쪽 모두를 포용해 균형을 유지한다는 말이거든요. 꼭 가운데에 있어야 하는 것이 아니라 때에 따라 한쪽으로 기울었다가 어느 때엔 다른 한쪽으로 쏠리더라도 다시금 균형을 찾아오는 것을요. 이것은 무에타이 선수로 활동했던 제게 스승께서 강조하셨던 부분이기도 합니다. 우선 공격과 방어가 균형을 이루는 선수는 굉장히 강합니다. 강력한 차기와 치기를 구사할 수 있을 뿐만 아니라 상대방의 공격도 피해 없이 잘 막습니다. 말만 들어도 소름이 돋네요. 이런 선수는 상대로서 만나고 싶지 않습니다. 매우 까다롭거든요. 하지만 이런 선수들이 만나 게임을 펼치는 건 보는 재미가 쏠쏠합니다. 제가 경기에 나갈 때면 스승님이 당부했던 말이 있습니다. 이기는 경기도 중요하지만 무엇보다도 기억에 남는 경기를 펼치라고 말이죠. 그 자리에서 슈퍼스타가 되라고 하셨습니다. 챔피언은 아닐지라도 기억에 남는 환한 사람이 되라고요. 이를 위해 공격과 방어를 균형 있게 구사할 수 있도록 훈련을 소화하고 승패와 상관 없이 스스로 빛을 뿜어내는 스타가 됩니다. 스타는 연예인들에게만 쓰는 말이 아닙니다. 자신이 서 있는 곳에서 빛을 내고 있다면 그 사람이 스타입니다. 밝은 기운이 그 사람을 감싸 빛나 보입니다. 다른 사람들이 봐도 기분 좋은 활력이 넘칩니다. 사무실에서도, 친구 사이에서도, 학교에서도 말이죠. 균형을 깨닫고 유지하는 사람의 얼굴엔 여유의 미소가 있습니다. 그것은 균형의 가운데에 서서 자신의 의지에 따라 스스로 선택할 수 있는 자유를 가지고 있기 때문입니다. 일할 때와 사랑할 때 그리고 쉬어야 할 때와 여유를 느꺼야 할 때를 선택하는 겁니다. 이 균형에서 빛이 납니다. 커피는 삶의 균형을 자유롭게 선택할 수 있도록 도와주는 경이의 음료입니다. 매력 넘치고 빛나는 경이로운 삶은 내 손 가까이에 존재하고 있었습니다. 균형을 아는 사람, 그 사람이 자신만의 아우라를 뿜어내는 슈퍼스타입니다.

알아두면 유익한 좁고 얕은 커피상식

● 커피는 하루에 몇 잔까지 마셔야 하나요? ●

보통 식약처라 불리는 식품의약품안전처에서는 카페인 최대 일일 섭취량을 성인은 400mg 이하, 임산부는 300mg 이하, 통상 체중이 60kg인 청소년은 150mg 이하로 권고하고 있습니다. 식약처가 조사한 커피의 카페인 함량 평균치를 보면 커피 전문점에서 마시는 커피 한 잔에는 125mg이고, 캔이나 병에 든 커피는 74mg이며, 믹스커피는 캔 커피보다 적은 69mg의 카페인이 들어있었습니다. 권고하는 기준으로 봤을 때 아메리카노와 같은 원두 커피는 세 잔, 캔 커피는 네 캔, 믹스커피는 다섯 봉지, 캡슐 커피도 다섯 잔 정도 되겠습니다. 이 숫자들은 평균치일 뿐이지 제품마다 카페인 함유량은 모두 다르다는 것을 기억해주세요. 식약처는 카페인을 과다 섭취했을 땐 불면증과 신경과민 등 부정적인 작용들이 있으니 과다 섭취에 주의하라고 당부하고 있습니다. 카페인은 사람마다 분해 속도와 내성이 달라 '이만큼이다'라고 자를 잰 듯한 정확한 기준을 세우기가 어렵습니다. 그러니 커피를 자신의 몸이 불편하지 않도록 현명하게 즐기는 것이 좋겠습니다. 아무리 좋은 음식이라도 과하면 좋지 않으니까요.

CHAPTER

———•———

선물

PRESENT

커피는 받는 사람에게 시간, 만남, 휴식과 여유를 선물합니다.
그리고 커피는 받는 사람에게 맛과 향을 즐기게 해줍니다.

Present 1

마음의 선물
마음의 행복

"만약 천국에 간다면 가장 가져가고 싶은 것은 무엇입니까?"라고 TV리포터가 지나가는 사람들에게 질문을 합니다. 한 중년의 신사는 그 물음에 "꽃다발"이라고 말했습니다. 왜냐고 묻는 리포터의 말에 그는 "오랜만에 아내를 만나니까."라고 대답했다고 합니다. 트위터에서 한동안 화제가 되었던 이야기입니다. 꽃을 선물함으로써 사랑하고 감사하는 마음을 먼저 떠난 연인에게 표현하고 싶었나 봅니다.

지금의 브라질에 운명적으로 커피가 퍼져가게 된 것도 중세 프랑스 총독의 아내가 포르투갈령 브라질의 장교인 팔레타에게 커피 열매를 숨긴 꽃다발을 선물하면서부터였습니다. 선물이란 나의 마음을 상대방에게 나타내기 위해 의미 있는 물건을 건네주거나 작은 행동을 하는 것이지요. 단지 마음의 표현으로 조그마한 선물을 했을 뿐인데 의도하지 않은 기분 좋은 선물로 되돌아오기도 합니다. 저는 예전 직장에서 만 평 규모의 기업연수원을 운영하는 직무를 맡았습니다. 건물도 많고 넓으니 관리할 곳도 많았지요. 관리라고 해서 행정적인 업무들만 원활하게 잘 처리하면 될 줄 알았는데 관리의 기본은 청소더군요. 외형이 아무리 화려하고 멋져도 곳곳에 먼지가 쌓이고 관리가 되어 있지 않다면 애써 멀리서 방문하신 고객들의

기분이 좋지 않을 테니까 말이지요. 그래서 청소하는 부분에 조금 더 신경을 썼는데요. 더우나 추우나 안팎으로 어머니뻘 되시는 청소 미화원분들이 수고를 많이 해주셨습니다. 장난도 치고 농담도 던지며 친하게 지냈기에 쉬었다 하시라며 종종 봉지커피를 타드리거나 박스로 사 놓은 캔 커피를 지나가는 길에 하나씩 선물로 건네드렸습니다. 매번 놀란 점이 있다면 커피 한 잔에 진심으로 기뻐하신다는 겁니다. 잘 관리해주셔서 감사하다는 마음에 작은 선물을 드리는 것뿐인데 밝게 웃으시는 모습을 보자면 기분이 얼마나 좋은지 모릅니다. 게다가 더욱 깨끗해지는 연수원은 덤이었습니다. 대가를 바라며 선물을 하는 것은 아니지만 돌아오는 것은 예상치 못한 즐거운 마음이었습니다.

나탈리 제먼 데이비스의 《선물의 역사》에는 세 자매 여신이 나옵니다. 첫 번째 여신은 선물을 베푸는 여신이고, 두 번째 여신은 선물을 받는 여신이고요, 세 번째 여신은 보답을 해주는 여신입니다. 서로 손을 잡고 원을 이루고 있어 친절한 행위나 선물은 다시 최초의 사람에게 돌아간다는 점을 표현한 것입니다. 선물의 상호이익과 감사하는 마음의 자연스러움을 나타내기 위해 형상화했다고 하네요. 감사하는 마음에 커피를 선물했더니 상대방이 기뻐하는 모습을 보는 즐거운 내 마음과 고객들도 기분이 상쾌할 만큼 깔끔한 연수원이 선물이라면 그에 대한 보답일 수 있겠네요. 생각해 보니 커피를 받으면 좋아하셨던 이유 중 하나가 일을 잠시 멈추고 쉴 수 있는 시간이 생겼기 때문이 아닐까 싶습니다. 일은 쉬면서 즐겁게 해야 능률도 오르니까요.

마음을 움직이는 작은 호의

커피 이야기를 하다 뜬금없이 짬뽕 이야기를 좀 해야 할 것 같습니다. 제게 '이것이 짬뽕이구나'를 일깨워준 단골 짬뽕집이 있습니다. 짬뽕이 맛있는 이유는 주문을 하면 훤히 다 보이는 주방에 들어가 그때부터 짬뽕을 바로 볶는 겁니다. 갓 볶아 나온 짬뽕은 소위 '마약짬뽕'이라 불려도 손색이 없을 만큼 맛있습니다. 여기선 배달 대행 업체를 이용해 배달을 합니다. 주문이 들어오면 배달 직원들이 음식을 가져가거든요. 식사를 할 때마다 지켜보니 배달 직원이 오면 사장님이 꼭 캔 커피를 하나씩 주는 겁니다. 가게에 들어오는 배달원들마다 전부 줍니다. 그랬더니 배달원들은 짬뽕집 배달 건수가 들어오면 경쟁적으로 먼저 가려고 한답니다. 짬뽕의 생명은 면이 붙지 않는 것이지요. 사장님께 캔 커피를 주고 나서 어떤 변화가 있냐 물으니 이렇게 말하십니다. "캔 커피 얼마 하지도 않고 주면 그냥 기분이 흐뭇해서 준 것인데 배달이 밀려 본 적이 없네요. 원래는 10분씩 기다려야 했거든요."라고 말이지요.

갤럽에서는 이처럼 타인에게 친절을 베풂으로써 기분이 좋아지는 경험을 해보았냐고 2만 3천 명의 사람들을 대상으로 설문을 진행했었는데요. 결과는 어땠을까요? 무려 90퍼센트에 해당하는 사람들이 작은 호의나 선물을 주었을 때 자신의 기분이 좋았다는 응답을 했습니다. 선물을 하는 자신도 즐겁지만 받는 사람도 무척이나 기분이 좋을 것입니다. 선물을 받은 사람의 기분이 좋아지는 이유는 자기승인 욕구 때문인데 이는 다른 사람들로부터 특별하게 대접받고 싶다는 욕구를 말합니다. 누군가가 자신에게 선물을 준다는 것은 관심의 표현이기에 흐뭇하고 만족스러운 것이라고《관계의 심리학》의 저자 이철우 작가는 말합니다. 선물이라고 하면 보통 커다란 상자에 큰 리본이 묶인 박스가 떠오르지요. 하지만 사람의 마음을 움직이는 것은 큰 선물이 아니라 작은 선물이라고 스파클의 신병철 대표는 말합니다. 큰 선물은 머리를 움직이지만 작은 선물은 마음을 움직인다고 말이지요. 상대방이 생각하기에 부담스러울 정도의 선물을 하면 받은 사람은 머리가 복잡해지기 시작합니다. 왜 내게 이런 선물을 보낸 것인지 상대방의 의도를 의심하고 생각하게 되겠지요. 받은 만큼 돌려주어야 하는 것인지 감사하다며 받아야 할지 정중히 거절을 해야 할지 어쩔 줄을 몰라 덩달아 마음도 불편해집니다. 빚진 마음이 드는 것이지요. 상대방이 부담스럽지 않으면서 호의적이고 고맙게 생각할 수 있는 선물이 필요할 것 같습니다.

3M^쓰리엠은 100년의 역사를 기록하고 있는 장수 기업입니다. 노란색 포

스트잇으로도 친숙한 회사이지요. 미국 언론으로부터 굴뚝 산업의 승리, 성공적인 혁신의 결정체라는 평가를 받으며 영국 파이낸셜타임즈가 선정한 존경 받는 10대 기업에 선정되기도 했습니다. 이토록 오래도록 지속 가능한 경영이 될 수 있었던 데에는 커피 한 잔 주고받는 것까지 언급되는 엄격하고 구체적인 윤리규정이 있습니다. 3M 규정에서는 커피 한 잔을 작은 호의라며 주고받는 것은 괜찮다고 합니다. 그러나 타인이 과분하다고 느낄 만한 선물이나 사치스러운 선물은 절대로 제공하거나 수령해서는 안 된다고 명시합니다.

얼마 전 파트너 회사에 업무 미팅 차 들르니 직원 한 명이 커피 마시겠냐며 더치커피가 든 동그란 작은 병을 꺼내는 겁니다. 오늘 아침에 샀다면서 맛이 무척 독특하고 맛있다며 한잔 만들어 주겠다고 합니다. 커피를 잔에 따르고 얼음정수기에서 얼음도 넣어 커피를 만들어주는데 그 정성이 참 고맙더군요. 더치커피의 맛과 향도 참 좋았습니다. 그 작은 병에 든 커피를 나눠준 것뿐인데 받는 입장에서는 그것이 그렇게 고마울 수가 없더라고요. 커피는 3M도 인정했습니다. 머리를 복잡하게 만드는 큰 선물이 아니라 마음을 따뜻하게 해주는 작은 선물이라고 말이지요.

커피는 종합선물세트다

일상을 지내다 보면 점심이나 저녁 약속으로 동료들이나 친구들과 함께 식사를 할 때가 있습니다. 만약에 맛있는 식사를 대접 받았다면 상대방에게 커피 한잔을 사 주세요. 식사 비용이 갈수록 만만치 않은 것 같습니다. 열심히 일한 돈으로 맛있는 것도 사주고 시간도 내주는데요. 그에 대한 감사함을 표현하기 위해 바로 선물을 하는 겁니다. 왜냐하면 사람은 공정함을 느꼈을 때 마음이 편안해짐을 느낀다고 합니다. 경제학에서 말하는 최후통첩 게임이 잘 설명을 해줍니다.

게임 규칙은 우선 A에게 만 원을 줍니다. A는 B에게 만 원 중 자기 마음대로 돈을 줄 수 있습니다. B는 A가 주는 돈을 받을 수도 있고 거부할 수도 있습니다. 단 A가 주는 금액을 B가 거부하면 만 원은 사라지고 맙니다. 게임 결과 대부분의 사람들은 B에게 절반의 돈을 내놓았습니다. 하지만 재미있는 결과는 B의 입장에 있는 사람들은 금액의 30퍼센트 이하의 금액이 제시될 경우엔 아예 거부하는 경향을 보였습니다. 10퍼센트만 받아도 자신에게는 돈이 생겨 이익이지만 공정하지 못하다는 생각이 들었을 때는 자신의 몫까지 희생하면서 받지 않았던 것입니다. 사람들의 관계에서도 공정성은 알게 모르게 존재하지 않을까요?

함께 식사를 하는 경우가 많은 회사나 학교의 경우 식사 비용의 30퍼센트에 해당하는 커피를 선물한다면 최후통첩 게임을 잘 활용하는 것이겠지요. 제 경우는 상대방이 식사를 사주면 커피를 사고요, 만약 커피가 후식으로 나온다면 근처 브랜드 카페에서 작은 인스턴트커피나 빵을 사드립니다. 요즘 인스턴트커피는 작은 상자에 들어있어 가방에 넣기도 편하고 겉모습도 세련되게 디자인 돼 선물하기 좋습니다. 커피 한 잔 값 정도 되고요. 내리사랑이 아닌 다음에야 주는 사람이 주기만 한다면 부담을 느낄 수 있습니다. 괜찮다고 말은 해도 직장 상사나 학교 선배도 돈이 부족하고 필요한 건 마찬가지입니다. 함께 살아가는 세상인데 내 주변 사람들만큼은 내게서 공정하다고 느끼게 해주어야겠지요. 커피는 모두가 마시지는 않지만 많은 사람들이 마시고 있잖아요. 커피를 선물 받는 사람은 여러 의미로 사용할 수가 있습니다. 커피는 받는 사람에게 시간을 선물합니다. 커피는 받는 사람에게 만남을 제공합니다. 커피는 받는 사람에게 휴식과 여유를 선물합니다. 커피는 받는 사람에게 맛과 향을 즐기게 해줍니다. 평범한 일상생활을 더욱 활기차게 만들어주고 기분 좋게 만들어주는 활력소가 되고요. 그렇기에 커피는 경험의 선물이라고 말할 수 있겠습니다.

TVN 드라마 〈미생〉 출연진들도 스태프들에게 커피를 사주는 모습이 종종 기사화되기도 합니다. 힘들게 일한 수고로움과 감사함에 대해 커피로 위로와 휴식을 선물해 주는 것이죠. 하지만 반드시 브랜드 카페에 가서 커피를 사야만 선물이 되는 것은 아니겠지요. 진심이 담겨 있다면 휴게실에서 건네주는 자판기 커피 한 잔으로도 얼마든지 기분 좋은 선물이 될 수 있습니다. 회사에 준비되어 있는 봉지커피를 타다 줄 수도 있고요. 자신을 생각해주고 직접 몸을 움직여 수고해주었다는 사실이 더 큰 감동으로 다가오기 때문이지요. 선물은 작지만 감동은 배가 되지요. 돈으로도 살 수 없는 것이 사람의 마음이라고 하잖아요. 사람들과의 관계를 더욱 알차게 만들어줄 수 있는 작은 선물로 일상에서 즐기는 커피를 활용해보는 겁니다.

선물은 소금 같습니다. 많이 치면 너무 짜서 못 먹고 조금만 치면 맛이 살아나지요. 작은 선물은 우리의 삶의 간을 맞추는 소금과 같은 존재입니다. 오기가미 나오코 감독의 영화 〈카모메 식당〉에서 말하는 가장 맛있는 커피란 누군가가 정성껏 만들어주는 커피라고 말합니다. 살맛 나는 세상을 위한 작은 정성과 선물은 종이컵에 든 향긋한 커피로도 충분하답니다. 내 마음도 몇 스푼 넣어서 말이지요.

알아두면 유익한 좁고 얕은 커피상식

• 카페에서 커피 찌꺼기를 무료로 주는데 •
무엇에 활용하면 좋나요?

카페 입구나 계산대 옆을 보면 작은 봉지에 담겨있는 커피 찌꺼기를 종종 볼 수 있습니다. 무료로 가져가시라는 친절한 문구와 함께 말이지요. 원두의 헌신으로 커피를 탄생시키고 찌꺼기로 남겨졌기에 초라하다고 생각할지 모르지만 눈 씻고 다시 보면 얼마든지 새로운 모습으로 탄생할 물건이기도 합니다. 광주과학기술원에서는 커피 찌꺼기를 이용해 '바이오연료'로 활용하는 기술을 개발했다고 합니다. 커피 찌꺼기가 카페를 운영할 수 있는 전기를 생산해내는 것입니다. 화려한 변신이지요? 실생활에서는 우선 프라이팬에 남겨진 기름 때를 흡착하여 제거하는 세제로 활용할 수 있습니다. 냄새 제거에 탁월한 커피 찌꺼기는 고기나 생선을 굽고 나서 손에 밴 냄새를 커피 찌꺼기로 비벼 제거할 수 있습니다. 차량이나 냉장고의 냄새를 제거하는 데도 쓰고요. 서울 마포구 도화동 주민센터는 일반쓰레기로 분류되어 그냥 버려지는 커피 찌꺼기를 활용해 음식물 쓰레기의 냄새를 제거하는 데 활용할 계획이라고 합니다. 냄새도 제거하면서 쓰레기로 버려지니 1석 2조의 효과를 보는 것이지요. 커피 찌꺼기를 쌀겨 등과 섞어 발효시키면 무기질이 풍부한 퇴비가 된다고 합니다. 커피 찌꺼기로 키우는 버섯도 있고 말이지요. 그리고 습기를 제거하는 데도 효과가 있다고 하니 공짜로 가져가는 물건치고는 활용도가 참 많지요? 쉽게 정체를 파악하자면 천연방향제라고 생각하면 좋겠습니다. 만약 커피 찌꺼기에서 되레 냄새가 날 정도로 오래되었다면 신선한 커피 찌꺼기로 자주 갈아주시는 것도 잊지 마세요.

CHAPTER

친구

FRIEND

어떤 관계에서나 좋은 친구가 되기 위해서는
서로에 대해 잘 알아야 합니다.
그런 의미에서 '커피 한잔 하자'는 말은
친구를 알아가기 위한 만남의 주문입니다.

Friend 1

가족의 또 다른 이름

　　북유럽 덴마크는 유엔에서 발표하는 행복지수가 높은 국가에서 매년 상위권을 차지하고 있습니다. 긴 겨울에 해가 짧고 일교차가 심한 나라입니다. 여름을 제외하곤 흐리고 비가 오는 날이 교대로 이어집니다. 덴마크인들은 이런 기후 속에서도 행복하다고 하는데 그 이유 중 하나는 휘게Hygge 문화 때문이라고 합니다. 느긋하게 함께 어울리기란 뜻을 가지고 있습니다. 이들은 긴 밤이면 촛불을 켜고 친구를 초대해 커피를 마시며 이야기를 나눈다고 합니다. 알고 지내는 지인들이야 소셜네트워크나 휴대폰에 많을 수 있지만 속내를 터놓고 직장이나 학교에서 있었던 일들을 나눌 수 있는 친구는 필요하겠지요. 가족들에게 하기 어려운 속 깊은 이야기도 친구 앞에서는 가능합니다. 미국의 철학자 랄프 왈도 에머슨은 오랜 친구가 주는 축복 중에 하나는 그들 앞에서는 바보가 되어도 좋다는 점이라고 말했습니다. 친구란 가족의 다른 이름이라 불려도 어색하지가 않지요.

호주 아델라이데 대학교의 연구진은 친구가 있는 사람들의 수명이 훨씬 더 길다며 우정은 수명 연장에도 도움이 된다고 말합니다. 마음이 통하는 친구란 사랑하는 가족이나 연인과 더불어 행복을 가져다주는 소중한 존재이지요. 스웨덴에선 친구를 만날 때 피카fika를 하자고 말합니다. 피카는 커피를 뜻하는 스웨덴어인데요. 마치 '밥 한번 먹자'는 말처럼 자주 쓰입니다. 친구를 만날 때나 연인을 만날 때, 가족과 이야기를 나눌 때도 커피를 항상 즐겨 마셔서인지 소비량도 엄청나지요. 콜롬비아에서도 오랜 친구와의 첫인사는 '커피 한잔 하자'는 말로 시작합니다. 원두 커피에 사탕수수를 넣어 마시는 틴토tinto는 나라 전역에서 즐겨 마시고 사람과의 만남에서 빠지지 않는 윤활제 역할을 하고 있습니다. 한국의 문화로 스며든 카페는 다방 시절부터 친구들을 만나는 장소로써 오랜 역사를 지니고 있지요. 커피는 부담 없이 친구를 만나게 도와주는 부드러운 매체였으니까요. 새로운 친구를 만들기에도 좋고 말이지요.

Friend 2

커피로 친구 만들기

미국 코네티컷 주에는 넉 달 동안 노숙자에게 커피를 건네주면서 친구가 된 리호튼 사연이 화제였습니다. 리호튼은 길거리를 지나가다 우연히 누워 있는 노숙자 사이먼을 보게 됩니다. 춥고 외로워 보여 그냥 지나치기가 어려웠다고 합니다. 리호튼은 사이먼에게 따뜻한 커피 한잔 하시겠냐고 물어본 후 커피를 건네주며 대화를 나눴습니다. 이야기를 나누다 보니 사이먼은 굉장히 재미있고 유쾌한 사람이란 것을 알게 되었지요. 리호튼은 사이먼과 돈독해질수록 그가 이렇게 지내는 것이 너무나 마음 아팠습니다. 리호튼은 사이먼이 자립을 할 수 있도록 지속적인 응원을 보내줍니다. 사이먼은 결국 친구의 기대에 부응하면서 스스로 일자리를 얻게 되지요. 성탄절을 앞둔 어느 날 자신에게 새로운 삶을 살 수 있도록 도와준 리호튼을 즐겁게 해주고 싶다며 크리스마스 코스튬을 입고 친구를 반기기도 합니다. 리호튼은 사람들에게 "나는 커피 한 잔을 전했을 뿐이지만 사이먼의 삶은 완전히 바뀌었다. 다른 사람들도 작은 호의에 인색하지 않았으면 좋겠다."는 말을 전합니다. 부담 없이 나의 마음을 표현할 수 있는 커피였기에 친구라는 이름으로 다가서기 수월하지 않았을까요? 날씨가 추워질 때면 친구 주머니에 넣어주는 따뜻한 캔 커피 하나로도 충분히 마음을 전할 수가 있잖아요. 회사나 학교에서도 커피 한잔 마시자는 이야기는 친한 동료라고 생각되거나 앞으로 친해지고 싶기에 할 수 있는 말입니다. 아무에게나 커피를 마시자고 하지 않잖아요. 호감이 있고 이야기를 나누고 싶으니 만남을 주선하는 매체로 커피를 말하는 것이겠지요. 우선 마음에 부담이 없으니까요. 툭 던지듯 말할 수도 있고요. 그래서 리호튼이 그랬던 것처럼 조용히 건네는 커피 한 잔은 친구를 만드는 보디랭귀지가 된답니다.

출근이 즐거워지는 비밀

사람은 친구와 함께 지내는 시간을 포함해 하루 6시간의 사교 활동을 해야 행복한 하루를 보낼 가능성이 높다고 미국의 갤럽 연구진은 말합니다. 스트레스와 쓸데없는 걱정이 줄어든다고 하는데 전화 통화나 잡담을 포함한 모든 의사소통을 합한 시간입니다. 스마트폰으로 메시지를 주고받는 것도 포함이 되겠네요. 이어서 갤럽은 전 세계 회사원 1500만 명을 대상으로 직장 내 절친이 있느냐는 조사를 합니다. 약 30퍼센트의 직장인들이 회사에 친한 친구가 있다고 응답했는데, 이들의 업무 몰입도는 친구가 없는 사람들보다 7배나 더 높았다고 합니다. 고객도 더 열정적으로 대하고, 업무 성취도도 높고, 업무 중에 부상을 입을 확률이 더 낮았다고 말합니다.

제 연인은 아침 일찍 회사에 가자마자 친한 친구처럼 지내는 상사와 커피 타임을 갖습니다. 회사 건물 지하에 단골 카페가 있는데 그곳에서 커피를 함께 마시는 것이 출근할 때면 기다려진다고 합니다. 강한 책임감으로 믿고 의지할 수 있는 상사라며 소개도 시켜주더군요. 그 믿음직하다는 상사에게 따끔하게 혼날 때도 있다는데 그래도 좋답니다. 그리고 회사생활이 힘들어도 기운을 낼 수 있는 이유는 함께 입사한 동기가 있기 때문이라고 합니다. 신입사원 시절엔 복도를 지나가다 눈빛만 마주쳐도 그렇게 행복할

수가 없었다고 말이지요. 요즘은 같은 부서에 마음이 잘 통하는 동료를 알게 되었다며 칭찬을 하는데 눈빛이 초롱초롱하더군요. 힘든 직장생활을 친구처럼 대할 수 있는 사람들이 있기에 서로의 격려와 응원에 힘입어 일을 해나갑니다. 출근할 때면 일보다 사람이 더 기다려지기도 하잖아요. 만남의 장소에 보고 싶은 친구가 있으면 발걸음이 가벼워지듯 말이지요. 그리고 갤럽에서는 회사 내에서 무슨 일을 하는지보다 누구와 함께 있는지가 직장 내 행복과 업무 몰입에 영향을 준 것임을 알아냈습니다. 친구의 숫자보다는 관계의 질이 더 중요하다는 것도 함께 말이지요. 최소 서너 명의 절친을 둔 경우 더 건강하고 행복하며 일에도 잘 몰두한다고 말합니다. 회사를 좀 더 즐겁게 다니고 싶다면 친구 같은 동료들과 커피 타임을 자주 갖는 겁니다. 호감 가는 동료가 있다면 커피도 좀 챙겨주면서 친해지고 말이지요.

Friend 4

특별한 의미를 주는 사람

호주의 대학생인 매트 컬리스자는 2014년에 '1000+Coffees' 프로젝트 계획을 세웠습니다. 3년에 걸쳐 1,000명의 페이스북 친구들을 알아가기 위해 일일이 만나 커피를 마시기로 한 겁니다. 사람들과 만나서 커피를 마시고 싶었을 뿐이라는 매트는 프로젝트 초기에 26명을 만난 것으로도 국제 정치, 팝컬쳐, 타로 카드 등을 포함한 다양한 주제의 이야기를 나누었다고 합니다. 밥 한번 먹자는 이야기보다 부담스럽지 않은 커피를 통해 자신만의 특별한 친구들을 만났던 것이었습니다.

《관계 정리가 힘이다》의 윤선현 베리굿정리컨설팅 대표는 좋은 관계란 오래된 친구를 말할 수도 있겠지만 특별한 의미를 주는 관계라고 말합니다. 오랜 친구라고 말과 마음이 통하고 힘이 되는지는 모르는 일입니다. 되레 시간이 흐를수록 말이 안 통하고 가치관이 맞지 않아 만날 때마다 힘이 빠질 수도 있고요. 윤선현 대표는 자신에게 특별한 친구가 될 수 있는 표현

들을 준비했습니다. 설레는, 영감을 주는, 어떤 이
야기라도 할 수 있는, 날 웃게 하는, 마음이 편안해
지는, 고민을 상담하고 싶은, 가족 같은, 할 말이
끊이지 않는, 배울 점이 많은, 두근거리게 하는, 따
끔한 충고를 해주는, 실질적인 도움을 주는, 아는
것이 많은, 자꾸 만나고 싶은, 매력적인, 존경스러
운 등의 특별한 의미가 있는 사람이 바로 특별한
관계인 것이지요. 동갑내기가 아니라도 얼마 전
소개 받은 친구나 후배 또는 선배가 인생의 특별
한 친구가 될 수 있는 일입니다. 미국 작가 가스 헨
리치스는 "사람은 친구를 만드는 것이 아니라, 단
지 알아볼 뿐이다."라고 말했지요. 특별한 의미를
주는 사람을 찾았을 때 특별한 친구가 될 수 있다
고 말이지요.

"친구야, 커피 한잔 하자"

2013년 자선기금 마련 사이트인 채리티버즈가 주최한 팀쿡 애플 CEO와의 커피 타임 경매가는 약 6억 6천만 원이었다고 합니다. 커피를 함께 마시는 시간에 대한 가치로 그만큼의 돈을 지불한 것이겠지요. 친구와 함께하는 커피 타임도 그만큼의 가치가 있습니다. 제가 쓰고 있는 이 책은 기존에 개발하고 운영하던 스타트업에서 아이디어가 확장되어 쓰이고 있습니다. 스타트업의 시작은 오랜만에 만난 고등학교 친구의 이야기에서부터 시작이 됐습니다. 저는 기업교육 컨설턴트로 직장생활을 했습니다. 기업의 인사교육담당자들을 만나는 일이 잦아 미팅을 하러 자주 출장을 다녔지요. 어느 날 벤처회사를 창업했던 친구가 고객사 근처에 있다는 것을 알았습니다. 미리 커피 한잔 하자고 말해 동네 카페에서 만남을 가졌지요. 굉장히 유쾌한 시간이었습니다. 인터넷 업계에 대해서도 잘 알고 있을뿐더러 생각도 참신했습니다. 예전부터 인터넷 비즈니스에 관심이 있었기 때문에 시간 가는 줄 모르고 질문하고 답변을 들었습니다. 친구의 이야기 속에서 창업의 영감을 얻었던 것입니다. 밖에 있을 때 카페에서 집에 있을 땐 작은 홈카페에서 공부하고 연구해 커피와 관련된 사업을 구상하고 만들었습니다. 결과는 만족스럽지 않았지만 그 사업의 연장으로 이 책을 쓰고 있습니다. 이 책의 주제를 생각해내기 위해 스타트업을 먼저 시작했는지도 모르겠습니다. 짧은 친구와의 만남은 생각만 해오던 일을 시작할 수 있는 용기를 얻는 특별한 만남이었습니다. 애플 CEO 팀쿡과의 만남처럼 말이죠. 지금 내가 만나고 있는 친구의 특별한 의미는 무엇인가요? 위로를 받기 위해서, 연인에 대한 이야기를 하기 위해서, 함께 놀기 위해서, 같이 공부하기 위해서, 여행하기 위해서, 조언을 듣기 위해서, 하소연을 하기 위해서, 그냥 얼굴이 보고 싶어서 등 여러 의미가 있겠지요. 어떤 관계든 좋은 친구가 되기 위해서는 서로에 대해 잘 알아야 합니다. 그래서 필요한 것이 함께 보내는 시간입니다. 커피가 친구를 만날 수 있도록 다리를 놔주고 이야기 나눌 시간도 선물해줍니다. 실컷 수다도 떨고 오랜만에 안부도 물을 겸 커피 한잔 하자고 하는 건 어떠신가요? 커피 한잔 하자는 말은 친구를 알아가고 가까워지는 만남의 주문입니다. 캔 커피를 들고 공원에 가도 좋고 분위기 좋은 카페를 가도 좋습니다. 사무실 근처에 가서도 만나고 학교 휴게실이나 길을 걸으며 만나도 좋고요. 그래도 부담 없잖아요. 친구니까요. 그리고 친구는 행복의 또 다른 이름이니까요.

알아두면 유익한 좁고 얕은 커피상식

• 커피는 어느 나라에서 재배되고 있나요? •

커피나무는 주로 따뜻한 나라에서 재배되고 있습니다. 열대 식물이기 때문인데요. 적도를 중심으로 남위 25도와 북위 25도 사이에 있는 국가들을 묶어 '커피벨트'라고 부릅니다. 브라질, 베트남, 아프리카의 여러 나라들을 생각하면 덥겠다는 생각이 들잖아요. 보통 그런 기후이지만 생각보다 커피나무는 재배 조건이 까다롭습니다. 그래서 재배할 수 있는 나라들이 한정되어 있지요. 커피 원두는 나라와 지역마다의 특색이 모두 다르기 때문에 특정한 원두를 구매하러 다니는 전문가들이 따로 있습니다. 커피 품종은 현재 100여 가지가 넘는다고 합니다. 크게 분류하면 두 가지인데요. 아라비카 종과 카네포라 종입니다. 카네포라 종에서도 로부스타 종이 워낙 유명하기에 카네포라를 보통 '로부스타'라고 부릅니다. 이젠 커피 품종은 크게 두 가지로 아라비카와 로부스타로 기억해주세요. 아라비카는 고급 품종으로 여겨 흔히 커피 전문점에서 마시는 커피에 많은 소비가 이루어지고 있고요. 로부스타는 주로 캔 커피나 인스턴트커피처럼 가공되는 커피에 소비되고 있습니다. 카페에서 커피를 즐기고 계시다면 아라비카 고급 원두를 드시고 계신 겁니다.

CHAPTER

소통

COMMUNICATION

사람들은 커피라는 매개를 통해 서로 소통하고 이해해갑니다.
서로의 생각 속에서 함께 성장할 수 있다는 것이 소통의 진면목 아닐까요?

아이디어의 발상지

대서양 아조레스 제도의 항구도시 호르타엔 피터의 카페가 있습니다. 포르투갈령인 이 섬은 선원들이 항해 중 쉬어가는 휴식처이기도 합니다. 세계 곳곳에서 모여든 수백 척의 배들이 여기저기 정박해 있지요. 세계 일주에 나선 사람들, 피지 제도나 스페인, 브라질로 가는 다양한 목적을 가진 사람들이 피터의 카페로 모여듭니다. 세계 각지에서 온 다양한 문화와 배경을 지닌 사람들이 한데 모여 서로의 이야기를 나누며 생각이 섞이는 곳입니다.

《메디치 효과》의 저자인 프란스 요한슨은 피터의 카페를 예로 들면서 다양한 사람들의 이야기가 섞이는 곳에서 독창적인 아이디어가 증가하는 현상을 '메디치 효과'라고 말합니다. 메디치는 15세기 이탈리아 피렌체의 금융가문입니다. 광범위한 분야의 예술가들을 후원했는데 이때 피렌체로 예술가들이 대거 모여들게 됩니다. 당대에 내로라하는 철학자, 화가, 건축가, 시인, 과학자, 조각가들이 서로 소통하고 자신들의 벽을 허물면서 새로운 사상에 바탕을 둔 르네상스 시대가 이때 열리게 됩니다. 레오나르도 다빈치와 미켈란젤로 등의 유명한 예술가들도 활동했던 시대이고요. 르네상스 시대의 촉발은 피터의 카페에 모인 다양한 사람들처럼 피렌체에 모인 예술가들의 소통 속에서 시작된 것이라고 프란스 요한슨은 말합니다.

서로의 생각을 연결하는 것이 소통이라고 말하는 엔씨소프트의 김택진 대표는 온라인 게임 '리니지'로 시작한 작은 벤처회사에서 시가총액 4조 원이 넘는 거대한 기업으로 성장시킵니다. 그가 밝히는 창조의 비밀은 바로 소통을 통해 새로운 생각을 만드는 것이라고 말합니다. 이탈리아 피렌체에 모였던 예술가들의 소통으로 르네상스 시대를 열었던 것처럼 말이지요. 그래서 엔씨소프트 직원들은 커피 번개를 하자며 메시지를 보내고 사내에 마련된 카페에서 삼삼오오 모여 이야기를 나누기도 합니다. 조직에서 잡담을 적극 권장한다고 말하는데요. 소통의 과정에서 아이디어가 나오기 때문이라고 말합니다.

　2008년 일본 미즈호 종합연구소가 발표한 자료에 따르면 지식 창조 행동을 많이 하는 작업자일수록 직장에서 잡담이나 이야기를 나누고 있을 때 아이디어가 많이 떠올랐다고 합니다. 앞으로 일하다가 아이디어가 떠오르지 않는다면 혼자 끙끙 앓지 말고 커피 한잔 들고 동료에게 찾아가보는 건 어떨까요? 고민하고 있는 부분에 대해서 새로운 르네상스 시대가 열릴지도 모르니까요.

Communication 2

잘나가는 회사는 커피로 소통한다

구글의 스티브 잡스라 불렸던 마리사 메이어 구글 부사장은 2012년 야후의 CEO가 됩니다. 그녀는 대표가 되자마자 사람들을 복도로 나오게끔 만드는 혁신을 시작하면서 "야후는 혁신이 필요하다. 혁신은 회사 복도에서 나오는 것이다."라고 말했습니다. 혁신이 어째서 복도에서 나온다는 것인지 조금 더 알아보겠습니다.

대학교든 회사든 복도 끝이나 중간에 정수기가 놓인 곳이 많잖아요. 각 층마다 휴게실이 있어 자판기 커피를 마시거나 커피 머신이 있기도 합니다. 커피나 음료를 마시기 위해 사람들이 자연스럽게 모이겠지요. 실리콘밸리의 이야기를 다룬 《파괴자들》의 저자 매일경제 손재권 기자는 이처럼 사람들이 모여드는 정수기 효과에 대해 "사무실에 음료를 마실 공간이 있으면 사람들이 모여 대화를 할 수 있게 되어 사내 의사소통이 활발해지는 효과가 있다는 뜻이다. 사무실 직원들이 정수기 옆에서 우연히 만나 이야기를 나눔으로써 의도치 않은 생각의 발전으로 이어갈 수 있다."고 말합니다. 혼자서 연구하고 고민했던 내용을 커피 마시러 가면서 동료들에게 피드백을 받거나 개선점들에 대한 조언도 받을 수 있겠지요. 혼자서 끙끙 앓는 시간과 에너지를 고려했을 때 어디서든지 터놓고 이야기할 수 있다는 것

261

은 일하는 입장에서도 도움이 되는 일입니다. 우선 머리가 안 아프잖아요.

　이런 소통 하면 빼놓을 수 없는 기업이 구글이지요. 캘리포니아의 구글 캠퍼스엔 어떤 건물로 이동하더라도 커피 머신이 있다고 합니다. 공짜 점심을 주기도 하고 회사 내에서 생활할 수 있도록 편의시설을 만든 이유가 있습니다. 그 이유 중 하나는 어디 가서 에너지 쏟지 말고 같은 고민을 하고 있는 직원들과 수시로 만나 이야기하면서 문제도 해결하고 새로운 아이디어를 내서 일하라는 회사의 의도가 있겠지요. 일하는 사람 입장에서는 막혔던 문제를 시원히 해결할 수 있어 반갑지요. 구글 캠퍼스 옥상엔 카페테리아도 있어 자유롭게 음료를 마시면서 이야기를 나눌 수도 있습니다. 소통 속에서 성과도 낼 수 있고 더 나은 생각을 할 수 있다는 것은 개인의 만족도도 높이기 때문에 행복한 일터가 될 수 있겠지요. 그리고 구글의 변화 중 하나는 넓은 임원실을 줄이고 직원들이 자유로이 만나서 커피를 마실 수 있는 카페테리아를 만든 것이라고 손재권 기자는 말합니다.

　소통의 자유를 보장해주기 때문에 일하기 좋은 일터로 매년 포춘지에 꼽히는 이유이기도 할 것입니다. 포춘지에서 선정하는 일하기 좋은 기업은 전문가가 뽑는 것이 아닙니다. 해당 기업에 종사하고 있는 직원들이 점수를 부여해 선정한다고 합니다. 이런 구글마저 직원 복지에 대해 벤치마킹하는 회사가 있다는 것을 알고 계셨나요? 바로 미국 노스캐롤라이나 주에 위치한 소프트웨어 회사 SAS입니다. 포춘지에서 선정하는 일하기 좋은 기업에 매년 손가락 안에 꼽히지요. 파격적인 직원 복지에도 불구하고 35년 동안 계속 흑자를 기록하며 성장해오고 있는 기업입니다. SAS의 짐 굿나잇 회장은 한 달에 한 번 직원들과 '커피와 함께 대화를Conversation Over Coffee'이 라는 아침 미팅을 가지면서 사람들과의 소통에 힘쓴다고 합니다. 직원들이 질문을 하면 회장은 듣고 답변을 하는 시간입니다. 회장님이 직접 나와 소통한다는 것 자체가 회사로부터 존중 받고 있다는 뜻이겠죠. SAS도 각 복도마다 직원들이 소통을 할 수 있는 공간을 마련해 놓고 있다고 합니다. 그러면서 짐 굿나잇 회장은 리더가 먼저 직원에게 가까이 다가가서 그들과 진솔하게 이야기를 나누다 보면 서로에 대한 신뢰가 싹트기 마련이라고 말합니다. 행복하게 소통하면서 일하는 직원들은 놀라운 힘을 발휘한다면서 말이죠.

커피가 주는 소통의 힘

제주도로 출장을 갈 때면 기분이 들뜨고 좋아집니다. 보기 힘든 푸른 바다를 마음껏 볼 수 있고 맑은 공기도 많이 마실 수 있어서입니다. 따뜻한 어느 봄날 제주도에서 이틀짜리 교육이 진행되었습니다. 강사들 여덟 명이 투입된 규모가 있는 강연 행사였습니다. 성공적으로 교육을 마친 첫날, 여덟 명의 강사들은 바다가 보이는 카페에 모였습니다. 넓은 회의 책상이 마련된 곳이었습니다. 규모가 있는 카페에 가면 종종 회의용 테이블이 마련된 곳이 있거든요. 오늘 진행된 강연에 대한 피드백을 서로 허심탄회하게 주고받습니다. 다음 날 진행할 내용에 대해서도 구체적인 의견을 모으고요. 커피와 음료를 마시면서 자유롭게 소통하고 내일 할 일을 준비하는 과정은 웃음과 재미가 있는 자리였습니다. 모두들 일을 하고 왔는데도 활기가 넘쳤습니다. 교육 과정에 대한 의견을 조율하고는 각자 조용히 앉아 노트북으로 마무리 작업을 합니다. 하루의 작업이 끝나고선 바다를 구경하며 산책하고는 맛있는 식사를 하러 갔답니다. 그날의 저녁시간은 소통으로 인해 의미 있고 유익한 시간으로 두고두고 기억되고 있습니다. 회의 시간에 딱딱하게 앉아 업무 이야기를 주고받는 것도 좋지만 기회가 된다면 카페나 밖에서 가볍게 커피 한잔 하면서 이야기를 나누는 것도 새롭게 분위기를

전환하는 데 좋을 것이고요. 실은 교육 진행 중에 한 명의 강사와 오해가 있어 조금 불편했었는데 편하게 서로 이야기를 하면서 풀게 되었거든요. 더 친해지게 되었고요. 오히려 딱딱하게 생각했던 상대방에 대한 다른 면도 볼 수 있는 기회도 얻었고 말이지요.

2010년 실리콘밸리의 지역 카페인 팔로알토에서 기업가치 수백조 원의 거함을 운전하는 선장 두 명이 만났습니다. 애플의 스티브 잡스와 구글의 전 회장인 에릭 슈미츠가 편안한 옷차림으로 카페의 야외 테라스에서 커피를 마시면서 친구처럼 이야기 나누는 장면이 포착된 겁니다. 당시 비즈니스 문제가 불거져 갈등이 가시화될 때의 만남이었습니다. 사람들이 알아보고는 몰려들기 시작하자 자리를 옮겼지만 커피 한잔 마시자는 이야기로 두 거장의 만남이 주선되었던 겁니다. 상대방에 대한 오해의 소지도 서로 진심을 터놓고 소통하지 않으면 알 수가 없습니다. 혼자서 그 사람에 대한 안 좋은 소설들을 써내려 갈 수 있거든요. 하지만 서로 얼굴 보고 이야기하면 의외로 쉽게 오해가 풀리는 일들이 많습니다. 어깨에 힘 빼고 소통하는 것이지요. 그럴 땐 상대방에게 커피 한잔 하자고 하는 겁니다. 커피 한잔하자는 말은 만남과 소통의 기회를 만드는 마법의 언어이기도 하니까요.

Communication 4

사람이 행복한 소통 문화

파주 헤이리 예술 마을엔 제니퍼소프트라는 회사가 있습니다. 설립 이후로 매년 흑자를 기록하고 있는데요. 자율과 소통의 미덕을 강조하는 회사입니다. 남다른 기업문화로 네티즌 사이에선 직원들이 행복한 회사로도 유명합니다. 독특하게도 조직 내에서 하지 말아야 할 33가지를 회사 블로그에 공개했는데 그중에 몇 가지 뽑아봤습니다.

사무실에서만 일하지 마요.
때로는 카페에서도 일해요.
슬금슬금 돌아앉지 마요.
함께 나눈 이야기 속에서 좋은 아이디어와 창의성이 발현돼요.
다른 구성원이 힘들면 외면하지 마요.
이야기를 들어주고 토닥토닥 감싸줘요.

인간적으로 소통할 수 있는 문화와 공간을 지녔기 때문에 사람들에게 회자되고 입사하고 싶은 회사가 되겠지요. 본사 1층엔 사내 카페가 있습니다. 직원들이 자유롭게 모여 이야기도 나누고 업무도 보는 곳입니다. 커피라는 매개를 통해 서로 소통을 할 수 있다는 것에 사람들은 만족해하는 모습이었습니다. 대화의 자유를 보장해 주면서 성과를 낼 수 있는 기회를 주는 것, 그리고 서로의 생각 속에서 함께 성장할 수 있다는 것이 소통의 진면목이겠지요.

스티브 잡스와 함께 애플을 설립한 스티브 워즈니악은 천재적인 컴퓨터 엔지니어로 한때 HP휴렛패커드에서 근무했었습니다. 워즈니악은 그곳에서 정말 기분 좋았던 일은 바로 매일 오전과 오후에 제공되는 도넛과 커피였다고 말합니다. 커피와 도넛을 즐기기 위해 사람들이 모이면서 친목도 나누고 아이디어도 교환할 수 있었다고 말이지요. 머리에 무언가가 꽉 막혔을 때, 홀로 연구하고 공부하다 지쳤을 때, 궁금함이 넘쳤을 때 커피 한잔 하자며 다가가 소통을 해보는 겁니다. 백지장도 맞들면 낫다는 말이 있지요. 소통도 맞들면 낫고 그 속에 나도 모르는 길이 있을 수 있답니다.

알아두면 유익한 좁고 얕은 커피상식

● 커피의 맛을 표현하는 단어는 무엇이 있나요? ●

《매혹과 잔혹의 커피사》의 저자인 마크 팬더그라스트는 커피 전문가들이 말하는 완벽한 커피의 4대 기본 요소로 아로마, 바디, 산도, 풍미를 꼽았습니다. 아로마는 향을 나타내고, 바디는 커피를 입에 머금었을 때의 질감을 말합니다. 물과 꿀물을 마실 때의 느낌이 다른 것처럼요. 산도는 과일의 신맛처럼 산뜻함을 나타내고요, 풍미는 커피를 마신 후 입 안에 남는 맛을 말합니다. 커피 애호가 케빈 녹스는 특정한 커피를 마신 후 "버터 캐러멜의 달콤함에 풀과 비옥한 흙 내음이 묻어나는 맛"이라고 평하기도 했는데요. 커피 맛을 정확히 판별할 줄 아는 전문가가 아닌 이상 커피 맛을 제대로 표현한다는 것은 어렵습니다. 저도 커피를 좋아하는 애호가지만 이렇게까지 표현하지 못합니다. 다만 제가 맛을 간단하게 표현하는 노하우는 있습니다. 가지각색의 다양한 맛을 내는 커피를 어떻게 딱 잘라 표현할 수 있겠습니까마는 편의상 크게 세 가지로 표현합니다. 신맛, 단맛, 쓴맛입니다. 간단하지요? 이렇게 표현한 이유가 있습니다. 원두를 볶는 과정을 로스팅이라고 하잖아요. 크게 약 볶음, 중 볶음, 강 볶음으로 분류를 합니다. 약 볶음 원두는 보통 신맛이 두드러지고, 중 볶음은 조화로운 단맛이, 강 볶음은 쓰고 탄 맛이 강하게 납니다. 추출하는 시간에 따라서도 세 가지 맛으로 분류할 수 있습니다. 커피를 빠르게 추출했을 땐 커피에서 가장 먼저 빠져 나오는 맛이 신맛입니다. 그 다음이 균형 잡힌 단맛이고요, 마지막으로 나오는 맛이 쓴맛입니다. 그래서 커피를 추출할 땐 타이밍이 중요하다고 말합니다. 원하는 맛으로 추출하기 위해선 때를 잘 맞춰야 하기 때문입니다. 저는 카페에 가서 커피를 주문할 땐 신맛을 좋아하니 산미가 두드러진 커피를 추천해달라고 말하기도 합니다. 원두를 살 때도 균형 잡힌 단맛의 커피를 마시고 싶다면서 추천을 받기도 하고요. 신맛, 단맛, 쓴맛 이렇게 세 가지 표현만으로도 내 입맛에 맞는 커피를 즐기고 상대방도 쉽게 이해시킬 수가 있습니다.

CHAPTER

공감

SYMPATHY

공감은 사람에게로 떠나는 여행과 같습니다. 상대에게 공감한다는 것은
그 사람의 새로운 모습과 살아온 이야기를 함께 경험하는 것입니다.

Sympathy 1

사람의 마음을 녹이다

　일본 중서부 지역의 일본 알프스는 3000미터급 산들이 집중해 있어 일본의 지붕이라 불립니다. 산세가 험하면서 빼어난 것이 알프스 산맥과 비슷하다 하여 영국인들에 의해 불린 이름입니다. 이시즈카 신이치의 작품인 만화 《산》은 일본 알프스를 배경으로 산악구조를 펼치는 주인공 산포의 이야기를 담고 있습니다. 산포는 세계에서 가장 높은 산들을 정복하고 고향으로 돌아와 산악구조대로서 자원봉사를 하며 살아갑니다. 그는 커피를 무척이나 좋아해 핸드 드립 세트를 가지고 다니면서 즉

석에서 원두를 갈아 추출해 마시는 커피 마니아입니다. 산포는 산에서 커피를 마시고 있으면 웬만한 일은 잊어버린다고 말하기도 합니다. 만화에 등장하는 사람들은 다양한 사연과 목적을 갖고 산을 오릅니다. 승진에서 누락되어 마음을 진정시키고자 오는 사람, 사랑하는 사람과의 약속을 지키기 위해 오르는 사람, 슬픔을 잊기 위해 오르는 사람 등등 말이죠. 그중의 한 명인 사이토 씨는 회사를 다니다 카페를 창업합니다. 원두와 로스팅의 무한한 퍼즐 속에서 자신만의 커피를 만들려다 방향을 잃고는 좌절하고 맙니다. 머리도 식히고 다시 용기를 내보고자 산에 올랐던 것입니다. 사이토 씨는 정상의 멋진 광경을 보곤 기쁨을 느꼈지만 그것도 잠시였습니다. 눈발이 날려 올라온 길을 잃어버리고 만 것입니다. 웬만한 높이의 산 정상은 4월이라도 겨울처럼 굉장히 춥습니다. 지리산 정상에서도 5월의 밤엔 덮고 자는 침낭에 얼음이 맺히거든요. 이틀을 맨몸으로 헤맨 사이토 씨는 체력의 한계를 느끼고 나무에 기대 지친 채로 죽음을 기다립니다. 때마침 지나가던 산포에게 발견이 됩니다. 산포는 그를 등에 업으면서 말을 건넵니다. "많이 추웠죠? 어서 가요." 산포는 임시 야영지에서 사이토 씨에게 밥을 먹여주지만 입이 굳어 먹을 수가 없었습니다. 산포는 바로 밖으로 나가

물을 끓이고 원두를 갈아 따뜻한 커피를 내려줍니다. 모락모락 김이 나는 커피를 건네주며 산포는 말합니다. "잘 견뎌내셨어요."라고 말이죠. 산포는 구조해낸 사람들에게 정말 애썼다며, 잘 견뎌냈다며 커피와 함께 힘들었던 마음을 공감해줍니다. 목숨을 잃을 뻔하고 살기 위해 몸부림쳤던 마음을 이해 받은 사람들은 그간 힘들게 고생했던 일들이 따뜻한 커피와 함께 녹아져 내리게 됩니다.

마음이 숨 쉬는 공기

　알아주었으면 하는 답답하고 속상한 내 마음을 상대방이 공감해주었을 때 어떠셨나요? 화났던 마음도 풀리고 이해 받았다는 생각에 마음이 편안해지기도 하겠지요. 《성공하는 사람들의 7가지 습관》의 저자 스티븐 R. 코비 박사는 이처럼 다른 사람들을 이해하고 공감해 주는 것을 심리적 공기를 불어넣는다고 표현합니다. 마음이 숨을 쉬는 공기 말이죠. 숨은 조금만 참아도 답답하고 불편하잖아요. 사람들은 상대방에게 이해 받지 못하면 마음도 답답해지고 괴롭잖아요. 왜 나를 이해해주지 못하는지 원망도 하고 말이죠. 반면에 맑고 신선한 공기를 마시면 기분이 굉장히 상쾌하잖아요. 누군가가 나를 이해해주고 공감해준다면 나의 마음이 맑은 공기를 마시는 것과 같이 편안해지면서 심리적 만족감을 느끼는 것입니다. 상대방의 마음이 숨을 쉴 수 있도록 신선한 공기를 불어넣어 주는 것이 바로 공감입니다.

　저 또한 만화 《산》의 사이토 씨처럼 도보여행을 하던 중에 1000미터급 야산을 넘어가다 길을 잃은 적이 있습니다. 가야산 국립공원에 위치한 해인사를 일찍 가려고 지도에 없는 길로 들어섰거든요. 배낭엔 항상 캔 커피와 초콜릿을 준비해뒀었는데 그날따라 작은 가게도 보이지 않아 사지도 못했습니다. 산 하나만 넘어가면 바로 해인사가 나오니 밥도 그곳에서 먹을 겸 급히 산을 올라갔습니다. 사람이 다녔던 희미한 흔적을 찾아 걷다 정신을 차려보니 어느새 길이 끊어져 있는 겁니다. 지나왔던 길도 잘 보이지가 않았습니다. 그 순간 깨달았습니다. 제가 길을 잃었다는 것을요. 가슴이 뜨거워지면서 무서워지기 시작했습니다. 오전부터 해가 질 무렵까지 아무도 보이지 않는 곳에서 물과 음식도 먹지 못하고 오랫동안 산을 타다 보니 다리에 힘이 풀려 버리더군요. 이러다 정말 위험해질 수 있다는 생각이 들었습니다. 무엇보다도 배가 너무 고팠습니다. 운이 좋게도 이름 모를 산동네 끄트머리에 도착했더니 집배원 아저씨가 서 있는 겁니다. 산에서 내려온 저를 신기하게 쳐다보고 있네요. 얼마나 반가웠는지 모릅니다. 아저씨에게 다가간 순간 저도 모르게 이런 말이 불쑥 튀어나왔습니다. "아저씨, 저 죽을 뻔했어요." 왜 그랬는지 모르겠습니다. 아마 죽도록 고생했던 것을 이해받고 싶었나 봅니다. 집배원 아저씨는 제 얼굴에 긁힌 상처들과 소나무 송진가루를 잔뜩 뒤집어 쓴 모습을 보면서 안타까워하셨습니다. 그러면서 "진짜 고생했겠네요."라고 말씀하시는데 그 말을 듣자마자 저도 모르게 왈칵 눈물이 쏟아지려고 하더군요. 내 마음을 이해해주고 공감해준 아저씨가 고맙기도 하고 살았다는 안도감에 눈물이 났나 봅니다. 나중에 알고 보니 헤맨 곳은 산세가 험해 산악이 금지된 구역이었습니다. 여행 중에 많은 것들이 떠오르지만 가장 기억에 남는 순간은 집배원 아저씨에게 들었던 공감의 말 한마디였습니다. 마음의 공기를 마셔서인지 힘들었던 순간들이 눈 녹듯 사라져 버리더라고요.

사람에게로 떠나는 공감여행

공감이란 다른 사람의 입장에서 그 사람이 어떻게 느끼고 있는지 세상을 어떻게 바라보고 있는지를 이해하는 것입니다. 그래서 공감은 사람에게로 떠나는 여행과 같습니다. 여행을 떠나야 새로운 것도 보고 체험도 할 수 있지요. 공감을 한다는 것은 그 사람의 새로운 모습을 바라보고 그 사람이 살아왔던 이야기도 함께 경험하는 것입니다. 로먼 크르즈나릭은 그의 저서 《공감하는 능력》에서 공감은 와해된 인간관계를 회복시켜 주는 힘을 갖고 있다고 말합니다. 대게 사람과의 문제는 서로 이해하지 못하는 데서 오잖아요. 사업을 하셨던 부모님이 의도치 않게 제게 빚을 지게 만들었을 때 참 많이 원망했었습니다. 커피를 마시는 여유가 생기면 부모님 입장에서 생각해보려 했습니다. 과연 나라면 사랑하는 자녀가 어려워지도록 만들겠냐는 것이었습니다. 계속 질문을 던졌지만 돌아오는 대답은 항상

'아니오'였습니다. 사업에서 성공하고자 하셨지만 일이 생각대로 풀리지 않았던 것뿐이었습니다. 의도하지 않게 자녀에게도 빚을 지게 만드셨던 것이고요. 누구보다도 마음이 아파 잠을 이루지 못하셨던 분들이었습니다. 자식을 사랑하는 마음과 잘되고자 했던 의도는 변함이 없었던 것이었지요. 부모님께서 살아오셨던 환경과 마음을 이해하고 '그럴 수도 있겠구나'라고 공감하는 순간 마음의 분노는 서서히 사라지더군요. 숨 막힐 듯 갑갑하고 화가 났던 마음에 숨통이 트였습니다. 상대방을 이해하고 공감한다는 것은 상대방을 위한 것만이 아니었음을 알게 되었습니다. 오히려 제 마음이 더 편안해졌거든요. 공감은 자신을 위해 하는 것이었습니다. 오히려 내가 더 도움을 드려야겠다는 마음이 일게 되었고요.

다니엘 핑크는 《새로운 미래가 온다》에서 공감은 인간이 다른 인간을 이해하는 수단이라고 말합니다. 공감의 힘이란 바로 이런 건가 봅니다. 잘 풀리지 않던 문제가 이해되면서 풀리면 기분이 날아갈 듯처럼 말이지요. 그리고 사람의 마음을 움직이는 힘도 함께 말이죠. 순창에서 남원으로 걸어가는 시골마을 여행길에 할머니 한 분을 만났습니다. 마을 입구에 들어서자마자 낫을 들고 따라오셨습니다. 흉기 같은 낫을 들고 뒤에서 계속 말을 거시는데 오싹하더군요. 몇 번 대꾸를 하다 보니 어느새 할머니와 함께 걸어가게 되었습니다. 궁금해서 여쭈어봤습니다. "할머니는 저를 왜 따라오시는 거예요?" "총각 따라 가는 게 아냐." "그럼 어디 가시는데요?" 밭에 줄 거름을 가지러 가신다며 벌레도 꼬여 속상하다고 말씀하시는 겁니다. 그제야 할머니 모습을 제대로 볼 수 있었습니다. 흙이 묻은 옷과 주름진 얼굴에 땀과 함께 드러나는 속상한 마음을요. "벌레까지 속 썩이고, 할머니 더운데 진짜 힘드셨겠어요." 제가 할 수 있는 일은 공감밖에 없었습니다. 이야기를 들어줘서 고맙다며 냉커피 한잔 마시고 가라십니다. 밭 근처 개울가에 가니 음료수를 담던 플라스틱 큰 통에 냉커피가 가득 채워져 있는 겁니다. 시골에 가면 어르신들께서 믹스커피를 물처럼 마신다는 말을 듣기만 했는데 직접 보니 반갑고 신기했습니다. 막걸리 사발에 커피를 가득 따라주시는데 어찌나 달콤한지요. 목도 말라 벌컥벌컥 마셨습니다. 아침부터 정성스럽게 커피를 만들었을 할머니가 떠올라 한마디 했습니다. "커피 참맛있네요. 황금 비율 맞추시려면 고생 좀 하셨겠어요. 저도 참 좋아하거든요." 커피를 좋아하시는 할머니와 커피 이야기를 주고받는 시간이 참 즐거웠습니다. 잠깐 이야기를 나눈 후 할머니는 밭 근처에 딸기도 키운다면서 딸기 맛만 보고 가랍니다. 몇 개를 따주셨는데 시원하진 않았지만 굉장히 달고 신선했습니다. 정성껏 키웠을 할머니의 노고를 다시 공감해드렸더니 그때부터 딸기를 쉬지 않고 따주시는 겁니다. 그날의 점심 메뉴는 시원한 커피 한 사발과 신선한 딸기가 되었습니다. 할머니의 마음을 얻을 수 있었던 것은 공감하고자 하는 진심이 아니었을까요? 할머니는 누군가가 공감해주고 있다는 사실에 즐거워했습니다. 몸이 숨을 쉬듯 마음도 숨을 쉬어야 하니까요.

Sympathy 4

커피 한 모금보다
따뜻한 말 한마디

한 사람을 깊이 안다는 것은 그 사람이 어떻게 느끼는지 안다는 것이라고 《공감의 시대》 저자 제레미 리프킨은 말합니다. 평생을 돌이켜 보아도 가장 오래 남는 기억과 경험은 공감을 나누었던 순간뿐이라고 말이지요. 우화 〈커피 소금〉에 나오는 젊은 남녀의 이야기를 소개하면서 공감에 대한 이야기를 마무리할까 합니다.

한 남성이 파티에 참석했다가 이상형의 여인을 보게 됩니다. 말을 걸까 말까 용기와 포기 속에서 많은 갈등을 겪다 여성에게 데이트 신청을 합니다. 커피 한잔 어떠시냐고 말이지요. 얼굴이 벌겋게 달아오른 남성이 안쓰럽기도 하고 한눈에 봐도 긴장하고 있는 것이 보였는지라 여자는 거절하기가 어려웠습니다. 여성은 커피 한잔 정도는 괜찮다고 생각했습니다. 며칠 후 약속 장소에서 만난 남녀는 커피를 시켜 놓고 자리에 앉습니다. 어색한

시간이 흘렀지요. 긴장하던 남자가 커피를 한 모금 마시더니 갑자기 소금을 가져다 달라고 주문합니다. 소금을 받은 남자는 커피에 넣어 맛있게 마시는 것이었습니다. 여자는 깜짝 놀랐지요. 커피에 소금이라니요. 호기심이 생긴 여자는 남자에게 평소에도 커피에 소금을 타 마시냐고 묻습니다. 바닷가에서 자란 남자는 소금 커피에서 바다 향기가 나서 고향에 있는 가족들이 생각난다고 말합니다. 남자는 고향에서 자식을 기다리는 늙은 부모님을 생각하고 나니 그리움에 눈가가 붉어졌습니다. 여자는 그에게서 따뜻한 마음이 있다는 것을 알게 되었지요. 사랑을 키워간 남자와 여자는 부부가 됩니다. 부인은 남편이 좋아하는 소금 커피를 매일 아침 하루도 거르지 않고 만들어줍니다. 그런 아내만 사랑하고 바라보는 남편이었습니다. 어느덧 40년이 흘러 남편은 부인을 두고 먼저 떠나게 됩니다. 유서를 건네주며 꼭 자신이 떠나고 난 후에 읽어보라고 신신당부합니다. 장례를 치른 후에 하도 울어 퉁퉁 부은 눈으로 남편의 편지를 읽어본 부인은 큰 충격을 받았습니다. 매일 내려주던 소금 커피가 실은 아주 맛있지는 않았다는 것이었습니다. 부인을 처음 만난 날 너무 떨려 설탕 달라는 것을 소금 달라고 말이 잘못 나왔다는 겁니다. 커피에 소금을 넣어 마신다는 거짓말을 40년간 해왔던 것이었습니다. 그 이유는 함께 커피를 마시는 시간 동안 자신의 이야기에 귀를 기울여주고 공감해주었던 부인이 감사하고 고마운데다 정성껏 커피를 만들어주는데 차마 싫다는 말을 못했다는 겁니다. 맛은 썩 좋진 않았지만 그 시간이 정말 행복했다고 말이죠. 그리고 매일 아침이 기다려졌었다고 말입니다. 다음 생에도 다시 만난다면 소금 커피를 부탁한다면서 사랑한다는 말로 편지는 끝이 나게 됩니다. 남편에게 가장 깊이 남은 기억과 경험은 아내와 함께 공감을 나누었던 순간들이었던 겁니다. 이 우화를 보자면 시골로 내려가신 부모님이 떠오릅니다. 명절에 찾아갔던 작은 방엔 인스턴트커피가 있었거든요. 식사를 마친 아버지는 커피를 타서 어머니와 함께 조용히 잔을 기울이던 모습이 떠오릅니다. 시골로 내려오시고 나선 잠자리에 들 때면 어머니 손을 꼭 잡고 주무신다고 하시더군요. 다음에 가면 부모님께 커피 한잔 타드려야겠습니다. 고생 많으셨다고, 이해한다고, 사랑한다는 말과 함께요. 따뜻한 말 한마디를 가장 듣고 싶어 하실 것 같습니다. 아들이 오랜만에 타주는 맛있는 커피와 함께 말이죠. 여러분은 누구에게로 공감여행을 떠나고 싶나요? 떠나기 전 커피 한잔 준비하시는 것 잊지 마시고요. 공감은 생각보다 힘이 세답니다.

알아두면 유익한 좁고 얕은 커피상식

● 비가 내리는 날엔 왜 사람들이 카페에 더 몰리나요? ●

비가 오는 날엔 유달리 카페에 사람들이 더 많이 모이는 것 같습니다. '단순하게 느낌 때문인가?'라는 생각도 해보고요. 아니면 당연하게 '사람들이 비를 피하기 위해 카페에 들어가는 것 아닌가?'라는 생각을 했었습니다. 하지만 여기엔 과학적인 이유가 숨어있었습니다. 〈비 오면 커피 매출 껑충, 왜 더 맛있을까〉 헤럴드경제 기사에 실린 내용을 잠깐 살펴보겠습니다. 비가 내리면 날씨가 습해지잖아요. 습도가 높아지면 공기 중에 떠돌던 냄새 분자가 코 속에 더 잘 밀착한다고 합니다. 그래서 비가 오면 평소보다 커피의 맛과 향이 두 배 이상 더욱 진하게 느껴진다고 하네요. 비가 내리면 비도 피할 겸, 가라 앉은 기분을 달래줄 겸, 평소보다 맛있어지는 맛과 향을 느끼기 위해 잠시 쉬면서 커피 한잔 하는 것은 어떨까요?

CHAPTER

사랑

LOVE

사랑하는 존재에게 나의 시간을
기꺼이 내어주는 것이 사랑이라고 합니다.
연인이 좋아하는 커피가 무엇인지 알아보고
기꺼이 함께 하는 시간을 만드세요.

사랑이란,
나의 시간을 들이는 것

　나에게 있어 삶의 기쁨은 크림커피 속에 있다던 생텍쥐페리는 비행기 활주로에서도 커피 한잔의 여유를 느낄 줄 아는 사람이었습니다. 프랑스의 카페 드 플로르에 갈 때면 언제나 부인 콘수엘로와 함께 커피를 즐기고요. 비행기 사고로 목숨을 잃기 전까지도 부인과 어머니께 꾸준히 편지를 써 보내는 사람이었습니다. 그는 《어린 왕자》를 통해 자신이 말하고 싶었던 사랑이란 무엇인지에 대해 이야기하고 있었습니다. 그 속으로 들어가 볼게요.

　B612라는 행성에 사는 어린 왕자는 일곱 번째 여행에서 지구에 도착합니다. 5000송이 장미가 피어 있는 정원에 도착한 어린 왕자는 깜짝 놀랍니다. 자신의 별에서 그토록 소중하게 여겼던 하나밖에 없던 장미가 어디서나 존재하는 꽃이었다는 사실을 안 것이었죠. 그러곤 자신이 키우던 장미꽃이 보고 싶어 엉엉 웁니다. 그때 나타난 여우는 친구가 되어 어린 왕자를

달래줍니다. 여우는 어린 왕자에게 네 장미가 그토록 소중하다고 생각하는 이유는 네가 그 장미꽃에게 많은 시간을 들였기 때문이라고 말합니다. 그래서 그렇게 소중하게 된 것이라고요. 인간이란 동물은 이토록 중요한 것을 잊고 지낸다며 이 사실을 기억하라고 말하지요. 어린 왕자는 자신의 장미꽃에게 물도 주고, 덮개도 씌어주고, 나비도 보여주려고 벌레도 잡아주고, 꽃이 불평하는 소리와 자랑하는 소리, 그리고 침묵을 지키고 있을 때도 함께 있어주거든요. 여우는 서로와 서로에게 그 누구와도 바꿀 수 없는 존재에 대해 알려주며 사랑이란 자신의 시간을 상대방에게 소비하는 것임을 일러주며 어린 왕자를 떠나보냅니다.

여기에 나오는 장미는 사랑하는 아내 콘수엘로를 뜻했습니다. 생텍쥐페리가 꽤나 아내의 속을 썩인 적이 있었거든요. 시간이 지나 사랑의 의미를 깨닫곤 어린 왕자에 녹여낸 것이었습니다. 그가 전쟁터에서 실종된 후 콘수엘로는 남편을 기억하기 위해 초상화를 그립니다. 그녀마저 세상을 떠난 후 유품 상속자가 생텍쥐페리의 초상화를 옮기기 위해 액자를 뜯다 놀라운 사실을 발견하게 됩니다. 생텍쥐페리의 초상화 바로 뒤엔 콘수엘로의 초상화가 숨겨져 있었던 것이었습니다. 함께 시간을 더 많이 보내지 못한 것에 대한 미련 때문에 그림으로라도 함께하고 싶었나 봅니다.

가끔 카페에서 지인들을 만날 때면 집에 혼자 두기 힘든 아이들을 데리고 나올 때가 있습니다. 하루가 다르게 커가는 모습을 보자면 어찌나 예쁜지 모르겠습니다. 밝고 명랑한 게 대답도 잘 하고 말이지요. 커피 마시며 이야기를 나누다 보면 밝게 자란 아이에게서 지인이 쏟아 부은 사랑의 시간이 보입니다. 옆에서 보는 사람도 흐뭇해지고 기분이 좋아지네요. 아동심리학자들은 모든 아이가 정서적인 안정을 위해 충족되어야 할 기본 욕구는 누군가에게 필요한 존재라는 것을 느끼게 해주는 사랑과 애정의 욕구라고 말합니다. 정신과 의사 로스 캠벨 박사는 모든 아이의 내면에는 사랑으로 채워지길 기다리는 정서 탱크가 있다면서 아이가 진정으로 사랑 받고 있다고 느낄 때 그 아이는 정상적으로 성장한다고 말합니다. 이것은 아이에게만 해당되는 것이 아니라 어른들도 마찬가지입니다. 어려운 시기를 잘 이겨낸 사람들의 이야기를 들어보면 옆에서 든든하게 응원해주고 지지해준 연인에 대한 고마움을 이야기하는 경우가 많습니다. 자서전의 프롤로그나 에필로그엔 아내나 남편에 대한 고마움을 표현하잖아요. 이처럼 연인에게서 사랑 받고 있다는 정서적 안전함을 느낄 때 그 믿음에 보답하기 위해서라도 없던 힘이 생기는 법이겠지요. 심리학자들이 모두 입 맞추어 말하는 인간의 가장 기본적인 정서적 욕구는 사랑 받고 싶은 욕구라고 《사랑의 언어》의 저자인 개리 채프먼은 말합니다. 사랑 받고 싶어하는 욕구엔 나이의 많고 적음은 문제가 되지 않았습니다. 미국의 조지 베일런트 하버드 대학교 교수도 인간의 말년을 불행하게 하는 것은 경제적 빈곤이 아니라 사랑의 빈곤이라고 그의 저서 《행복의 조건》에서 말하기도 합니다.

Love 2

사랑의 비밀 기술

　전성은 전 거창고등학교 교장 선생님은 한 지역에서 40년 동안 무려 1만 명의 학생들을 졸업시켰다고 합니다. 경상남도 거창에서만 오래 지내다 보니 졸업생들의 형제와 부모들도 잘 알고 있다고 말합니다. 그러면서 부부 관계가 좋은데 문제가 있었던 학생은 단 한 명도 보지 못했다고 말합니다. 그러면서 그는 사랑을 잘 하자고 말합니다. 사랑은 받는 것이 아니라 하는 것이라고 말이지요. 벌써 8년째 아내보다 조금 일찍 일어나 커피포트에 물 올리고 신문을 대령하는 것으로 사랑을 실천하고 있었습니다. 부인은 남편이 타주는 커피 맛을 최고라고 여긴답니다. 커피를 받는 당신은 내게 사랑받고 있는 소중한 존재라는 것을 알려주기 위해 매일 아침 커피를 끓인 것이지요. 사랑하는 사람을 위해 자신의 생명과도 같은 시간을 쓰고 있었던 것입니다.

　스티븐 코비 박사는 할리우드 영화가 사랑은 순간적인 감정이라고 믿도록 만들었다면서 사랑은 동사라고 말합니다. 꾸준히 표현하고 움직이라고 말이지요. 기왕 자신의 시간을 쓰는 것이라면 올바르게 써야 합니다. 활을 쏠 때도 화살의 속도가 중요한 것이 아니라 방향이 중요하잖아요. 아무리 빨리 쏴도 맞출 수 없다면 의미가 없지요. 정확하게 과녁에 맞추어야 점

수도 높이 올라갑니다. 사랑의 화살은 속도가 아니라 방향이 중요합니다. 방향 설정의 첫걸음은 바로 연인이 좋아하는 것을 아는 것이 시작입니다.

민규동 감독의 〈내 아내의 모든 것〉에서 남편 두현이선균 씨은 아내 정인 임수정 씨과 이혼을 하기 위해 전설의 카사노바 성기류승룡 씨의 도움을 받기로 합니다. 요리도 잘하고 아름다운 여인이지만 입만 열면 쏟아내는 불평과 독설로 남편은 하루하루가 지옥 같습니다. 그런 아내가 무서워 먼저 헤어지자고 말도 못하는 소심한 성격의 남편 두현은 이혼 계획을 세웁니다. 어떤 여자도 유혹하는 비범한 능력을 지닌 카사노바 성기의 도움을 받아 아내가 먼저 이별을 통보하도록 하는 것이지요. 은퇴를 결심했던 바람둥이 성기는 정인을 마지막으로 자신의 모든 것을 걸고 유혹하기로 마음먹습니다. 그런 그가 남편 두현에게 제일 먼저 부탁한 것은 바로 메모였습니다. "한번 적어 보내줘 봐. 네가 알고 있는 네 아내의 모든 것. 그게 뭔지 다 적으라고." 말이지요. 아내가 좋아하는 것들에 대한 리스트를 확보한 후 본격적인 유혹에 들어가기 시작합니다. 좋아하는 것을 알아주고 챙겨줌으로써 사랑 받고 있다는 정서적 욕구를 조금씩 채워가는 것이 희대의 바람둥이 성기의 작업 비밀이었던 겁니다.

Love 3

사랑의 원두 채우기

맛있는 커피를 마시기 위해서 필요한 것은 신선한 원두입니다. 원두를 그라인더에 넣고 갈아야 향긋한 원두가루가 만들어져 커피를 추출할 수 있잖아요. 방금 나온 따뜻하고 향긋한 커피처럼 따뜻하고 향긋한 관계가 유지되기 위해서는 그에 걸맞은 원두가 항상 공급되어야 합니다. 앞으로 그 원두를 사랑 받고자 하는 욕구를 채워주는 사랑의 원두라고 표현하겠습니다. 사랑 받고 싶어 하는 정서 탱크 이야기를 앞에 했잖아요. 스티븐 R. 코비 박사도 이것을 감정은행계좌라고 불러 사랑의 감정을 채우는 개념으로 쓰기도 합니다. 앞으로 연인끼리는 원두를 보관할 수 있는 사랑의 원두 보관함을 서로 가지고 있는 겁니다. 신혼부부처럼 깨소금 냄새가 난다며 미소가 절로 지어지는 고소한 관계처럼 향긋하고 은은한 커피향을 내는 관계를 위해서는 원두 보관함에 사랑의 원두를 채워 넣는 일이 먼저입니다. 사랑의 원두가 가득하다면 향기로운 관계가 지속되는 것이고 원두가 떨어지면 커피는 나오지 않고 빈 기계만 돌아가게 될 것입니다.

평상시에 자주 보는 100원짜리 동전도 안 보고 그리려면 굉장히 어렵습니다. 어렸을 때부터 옆에 항상 있는 존재였지만 아주 잘 알지는 못했던 것이었지요. 사람도 마찬가지인지라 서로가 원하는 사랑의 원두는 무엇이 있는지 살펴볼 수 있는 시간이 필요합니다. 스티븐 R. 코비 박사는 사람들은 모두 다양하고 독특하므로 자신만의 방법으로 사랑 받고 싶어 한다고 말했지요. 적어볼 수 있는 종이와 펜을 들고 분위기도 전환할 겸 예쁘게 꾸민 동네 카페로 연인과 손 잡고 가는 겁니다. 커피 마시면서 하나씩 적어보는 겁니다. 내가 좋아하는 것은 무엇이 있는지 무엇을 함께 하고 싶은지를 말이죠. 나의 이야기를 들어주는 것, 손을 잡아주는 것, 가보고 싶은 곳을 함께 가는 것, 함께 책을 보는 것, 미래를 설계하는 것, 진심으로 사과하는 것, 칭찬해주는 것, 작은 선물을 해주는 것 등을 알아보는 겁니다. 서로 적은 것을 비교해보면 나와 다르다는 것을 알 수 있습니다. 나와 다를 수 있다는 것을 이해하고 인정하는 것만으로도 사랑의 원두 한 알을 채워 넣는 일이지요. 《어린 왕자》에서 여우는 사랑하는 존재에게 나의 시간을 쓰는 것이 사랑이라고 말했지요. 상대방이 원하면서 사랑 받고 있다고 여기는 사랑의 원두를 채우는 데 나의 시간을 들임으로써 향기로운 관계를 지속해나갈 수 있는 것이겠지요.

Love 4

사랑은 순간이 아닌 지속이다

위대한 것은 지속하는 것이라고 공자는 인문고전 《중용》에서 말합니다. 그만큼 어렵기 때문이겠지요. 사랑은 영원한 것이 아니라 지속하는 것이라고 합니다. 사랑은 변하잖아요. 그래서 사랑은 동사라고 하는가 봅니다. 〈별이 빛나는 밤에〉, 〈해바라기〉 등 불멸의 작품을 남긴 태양의 화가 빈센트 반 고흐는 사람들을 감동시키는 그림을 그리고 싶어 했습니다. 살아생전에 그토록 강렬하게 원하고 그리고 싶어 했던 그림이 하나 있었습니다. 그것은 바로 아버지와 어머니가 가을 풍경 속에서 서로 팔짱을 끼고 걷는 그림이었습니다. 밤나무 숲에 함께 있는 단순한 부부가 아닌 서로 사랑하고 신뢰하며 함께 늙어온 모습을 그려내고 싶어 한 것이었습니다. 스코트 니어링과 헬렌 니어링 부부가 이와 같은 모습이었을까요?

이처럼 반 고흐조차도 표현하길 원했던 행복한 연인의 모습은 사랑의

"당신과 함께 있어서 좋았소.
여보, 당신은 매우 훌륭한 동료였소.
매우 사랑스러운.
정말 만족스러운 삶이었소.
이보다 더 나을 수는 없을 거요.
좋고, 또 좋았소.
당신과 함께 있어서 좋았소."

원두를 잘 채워가는 것에 달려있겠지요. 그리고 그 원두는 우리들의 손 안에 있습니다. 사랑의 원두를 보관함에 넣을지 바닥에 버릴지는 우리들의 선택입니다. 사랑은 억지로 하는 것이 아니라 선택하는 것이라고 하지요. 연인의 손을 잡고 카페로 가보세요. 신선한 원두를 사서 직접 커피를 내려주세요. 연인이 좋아하는 커피가 무엇인지 알아보고 기꺼이 만들어주세요. 커피 향만 좋은 것이 아니라 함께 있는 시간도 향기가 날 겁니다. 그 향기에 취해보는 건 어떠신가요?

알아두면 유익한 좁고 얕은 커피상식

● **평소 커피에 관심이 많습니다. 커피에도 박람회가 있나요?** ●

베이비페어나, 웨딩페어처럼 커피도 박람회가 있습니다. 커피 시장의 규모가 커지고 문화로 스며들면서 커피 박람회의 외형도 점차 커지고 있습니다. 큰 행사들이 열리는 지역을 분류해 보자면 서울경기, 강릉, 대구가 있습니다. 서울에서는 서울커피엑스포, 서울커피&티페어, 대한민국 커피축제, 서울카페쇼 등이 열립니다. 경기도 일산에선 카페&베이커리페어가 열리고 인천에선 송도 카페쇼가 열립니다. 강원도 강릉에서는 강릉커피축제가 열리고 대구에선 대구커피&카페박람회가 열립니다. 행사는 한 해를 기준으로 고루 열리는 편이지만 하반기에 조금 더 몰려있기는 합니다. 다양한 볼거리와 먹을거리 그리고 교육들이 있기에 데이트 장소와 도심 속 여행으로도 다녀오기에 좋습니다. 보통 행사 전에 입장권 예매를 하는데 이벤트를 진행하는 박람회들도 있으니 조금 더 저렴한 비용으로 행사를 즐길 수 있습니다. 정확한 날짜와 장소를 확인하기 위해 각 박람회별로 홈페이지를 방문하셔서 참가하는 업체와 교육 프로그램 그리고 바리스타 대회를 포함한 대규모의 부대행사가 무엇인지도 살펴보신다면 더욱 알찬 추억을 만들어 오실 수 있답니다.

CHAPTER

도구

TOOL

커피는 앞으로도 자신이 하고자 하는 일에서
꿈을 놓지 않는 사람들, 자신을 돌아보기도
힘들 정도로 지친 이들에게 기댈 수 있는
친구이자 충실한 도구가 되어줄 것입니다.

Built on coffee, 역사적인 순간

미국과 이란은 사이가 좋지 않아 수십 년 동안 대립을 해온 나라입니다. 2015년 4월 핵문제에 대한 의견을 함께 모으면서 미국 오바마 대통령은 역사에 남을 협상이라고 말했지요. 뉴욕 타임스는 '커피 위에 세워진 협상'이라며 이야기를 전했습니다. 각국 대표들은 스위스 로잔의 한 호텔에 모여 7박 8일간의 마라톤 협상을 진행했습니다. 협상에는 커피와 화이트보드가 큰 역할을 했다고 합니다. 화이트보드는 임시로 정한 일들을 써놓고 함께 확인하는 기능을 했습니다. 제안된 내용들을 좀 더 자세히 살펴볼 수 있게 도와준 겁니다. 시간이 흐를수록 이어지는 밤샘작업에 몸과 마음은 지쳐 갑니다. 협상이 진행되는 동안 대표단 중 한 명은 몇 시간을 잤냐는 기자의 질문에서 "어젯밤은 운이 좋아 두 시간을 잤다."고 말합니다. 긴장을 놓을 수가 없겠지요. 미국과 이란의 대표단들은 졸음을 쫓고 깨어 있는 정신을 유지하기 위해 커피를 마셨습니다. 협상 일정 내내 커피 머신 돌아가는 소리가 끊이지 않았다고 합니다. 커피의 각성 효과를 톡톡히 보면서 의견 일치를 이루었기에 '커피 위에 이뤄진 타결'이 된 겁니다. 생각들을 정리해서 볼 수 있는 화이트보드와 정신을 깨우고 지친 몸을 일으켜 세웠던 커피는 협상의 훌륭한 도구였습니다. 사실 커피는 인류에게 발견된 후 도구로써의 진가를 발휘해 왔습니다. 처음엔 아라비아의 수피교 수도승들이 졸지 않고 밤새 기도를 올리기 위한 용도로 커피를 사용했거든요. 종교적 보조수단이자 귀족들의 약용음료로 활용되던 커피는 서서히 사람들의 삶으로 파고들었습니다.

열심히 일한 후 쉬는 시간에 마시는 음료로써,
전쟁에 참전한 병사들이 마음의 안정을 찾기 위한 음료로써,
다양한 약리작용으로 몸의 불편함을 감소시켜주는 음료로써,
지식인들의 창의적인 작업을 위한 두뇌활동 촉진 음료로써,
잠을 깨고 지친 몸을 일으켜 세우기 위한 음료로써,
친구들과 수다를 떨면서 스트레스를 풀기 위한 음료로써,
연인에게 사랑의 만남을 주는 음료로써,
깊은 맛과 향을 순수하게 즐기는 음료로써,
고독하고 지친 마음을 다독여주는 음료로써,
비즈니스의 기회를 여는 음료로써 활용되어 왔습니다.

예나 지금이나 변함없이 말이죠.

　한양대학교 윤석철 석좌교수는 도구의 수준이 연장 같은 단순한 물질적 차원을 넘어 지식과 같은 정신적 차원과 인간적인 매력 같은 사회적 차원까지 발전했다고 그의 저서 《삶의 정도》에서 말하고 있습니다. 도구는 시대와 발맞추어 발전되어 왔거든요. 커피의 역사 또한 시대에 알맞게 활용되고 쓰인 역사이기도 합니다. 그렇다면 도구란 무엇인지에 대한 이야기가 조금 필요할 것 같습니다.

Tool 2

인류 생존의 필수조건, 도구

도구란 어떤 목적을 이루기 위한 수단이나 방법을 말합니다. 사람들은 풍요로운 삶과 생존을 위해 척박한 환경을 개척해 왔습니다. 그에 맞는 도구를 개발하면서 말이죠. 인류의 역사를 구분하는 시기들을 보면 도구를 만들던 재료의 역사입니다. 수렵시기부터 시작해 석기시대, 청동기시대, 철기시대에 이르러 지식사회인 현재까지 말이죠. 그리스의 수학자 아르키메데스가 지렛대 원리를 발견한 뒤 '충분히 긴 지렛대와 지렛목이 있으면 지구도 움직일 수 있다'고 말했잖아요.

지렛대 원리는 수렵시기의 사람들이 사냥을 위한 활을 만들면서 시작됐습니다. 도구라는 외부의 힘을 이용한 혁신이었습니다. 순수한 팔의 힘만으로는 강하고 빠른 동물을 잡기가 어려웠기 때문이었죠. 프랑스의 경제학자인 자크 아탈리는 그의 저서 《호모노마드》에서 "인류가 자연 도태하지 않고 살아남기 위해 필요한 것이 힘만은 아니었던 것이다."라고 말합니다. 인류가 살아가기 위해 가장 필요했던 것은 바로 도구라고 말이지요. 인류 문명의 12000년 역사를 풀어 쓴 《총, 균, 쇠》의 저자 제레드 다이아몬드 박사도 "민족마다 역사가 다르게 진행된 것은 각 민족의 생물학적 차이 때문이 아니라 환경적 차이 때문이다."라고 말합니다. 환경에 따라 도구와 무기를 발전시켜온 사람들이 자신들의 운명을 바꿔왔다고 말이지요. 사람들에게 긍정적인 영향을 끼쳐왔던 커피 역시 지구촌의 모습을 바꿔왔습니다.

《커피의 역사》의 저자 하인리히 E. 야콥은 고대사회에선 소수의 엘리트들이나 할 수 있었던 일들을 수많은 사람들이 각 분야에서 눈에 띄는 성과를 낼 수 있었던 이유가 커피였다고 말합니다. 커피의 각성 효과로 몸과 머리가 깨어있는 상태에서 조금 더 오랜 시간 동안 사고하고 일할 수 있었던 것이었습니다. 와인이나 맥주 같은 알코올의 영향력 안에 있었을 땐 사람들이 취해서 지적 사고를 하기 싫어했다고 말이죠. 프랑스와 영국의 커피하우스에 모인 지성들이 세상을 따뜻하게 만들려는 노력을 많이 했잖아요. 커피를 매개 삼아 모인 영국의 조나단 커피하우스는 오늘날의 런던 증권거래소의 시작이 되었고요.

오늘날의 커피는 에티오피아에서부터 예멘을 거쳐 전 세계 사람들이 가장 많이 마시고 즐기고 활용하는 존재가 되었습니다. 어느덧 없어서는 안 될 필수품이 되어 각 나라의 문화로 정착했지요. 왜냐하면 현대사회에서 삶의 질을 높이는 데 필요한 다양한 도구로써의 역할을 커피가 해주었기 때문입니다. 이것이 커피가 급속도로 사람들의 일상 속으로 스며들 수 있었던 이유였지요. 이쯤에서 궁금한 것이 생깁니다. 그렇다면 우리는 무엇을 위해 도구를 활용해야 하는 것일까요?

Café
Open Daily

좋은 커피 옆에는 언제나,
에티오피아인의 친절한 미소가 있다.

-에티오피아 속담-

Tool 3

행복한 삶을 위하여

홈카페처럼 꾸민 책상 앞에 앉아 글을
쓰다 주위를 둘러보니 거의 모든 것이 도구
입니다. 앉기 위한 의자, 글을 쓰기 위한 노
트와 연필, 커피 원두를 분쇄하기 위한 핸
드밀까지요. 이런 도구들이 존재하는 이유
는 사람이 가지고 있는 목적을 도와주기
위해서 사용하는 것이잖아요. 그렇다면 우
리들의 근본적인 목적이 무엇인지를 생각
해봐야겠습니다.

사람들이 살아가는 일차적인 목적은
생존입니다. 살아남는 것이지요. 숨 쉬고
살아있어야 밥도 먹을 수 있고 일도 하고
사랑도 나눌 수 있습니다. 살아가는 과정에

서 사람들은 행복을 추구하게 됩니다. 기분 좋은 행복을 추구함으로써 '이런 삶이 계속 되면 좋겠다.'는 삶의 지속성을 위해 도구들이 탄생하고 개발되어 삶이 번영할 수 있게 해준 겁니다.

연세대학교 서은국 교수는 그의 저서 《행복의 기원》에서 행복은 생존을 위한 수단이라고 말합니다. 그리고 행복은 삶의 목적이라고 아리스토텔레스도 말했지요. 두 분의 이야기를 종합해보면 결국 행복은 삶의 목적인 동시에 살아가기 위한 수단이라서 중요하단 것만은 틀림없어 보입니다. 행복에 대한 정의는 사람마다 다르기 때문에 딱 잘라 말하긴 어렵습니다만 행복을 어렵지 않게 잘 풀어낸 소설이 있습니다. 프랑스 소설가 프랑수아 를로르가 자신의 경험을 바탕으로 써낸 《꾸뻬 씨의 행복 여행》은 영화로도 제작될 만큼 화제가 되었지요. 16년간 의사로 활동하다 소설가가 된 프랑수아 를로르는 아침에 일어나 산책하고, 오전엔 동네 카페에 앉아 커피를 마시며 글을 쓰는 것을 좋아한다고 합니다. 그가 말하고 싶던 행복이 무엇인지 소설 속 꾸뻬 씨의 이야기를 조금만 들어 보겠습니다.

꾸뻬 씨는 프랑스 파리 중심가에 진료실을 갖고 있는 정신과 의사입니다. 멋스럽고 풍요로운 곳이지만 상담을 원하는 사람들로 그의 병원은 꽉 찹니다. 환자들을 치료해 주면서 정작 자신은 행복하지가 않았습니다. 찾아온 사람들을 행복하게 해줄 수 없다는 사실에 점점 지쳐갈 무렵 특별한 여행을 계획합니다. 무엇이 사람들을 행복하게 하는지 알아보기 위해 세계의 여러 나라로 떠납니다. 여행을 하는 과정에서 꾸뻬 씨가 찾아낸 행복은 참 많았습니다. 사람들이 무엇을 통해 행복을 느끼는지는 각양각색의 모습이었지만 저마다 행복한 삶을 위하여 살아가는 것만큼은 분명하다는 것을 발견하게 됩니다. 삶이 팍팍해지고 경제상황이 갈수록 어려워지다 보니 행복은 자신의 이야기가 아니라며 고개를 돌릴 수도 있겠습니다. 저 역시 이런 문제에 자유로울 순 없습니다. 하지만 주저앉기엔 남은 시간도 많고 아직 이르다고 생각합니다. 왜냐하면 커피라는 삶의 도구를 적극적으로 활용하지 않았으니까요.

《올 어바웃 커피》의 저자 윌리엄 H. 우커스는 커피가 사람들의 일상생활에서 중요한 역할을 해준다고 말합니다. "삶이 우중충하게 느껴질 때 마시는 커피는 그 어둑한 기운을 몰아낸다. 슬픔에 잠겨 있을 때 마시는 커피는 우리에게 위안이 되어준다. 또한 일상이 무료하게 느껴질 때 마시는 커피는 새로운 활기를 제공하고, 녹초가 됐을 때 마시는 커피 한잔은 위로와 응원을 전하고, 우리의 감각을 명민하게 만드는 매력이 있다."고 말이지요. 커피는 앞으로도 눈코 뜰 새 없이 자신을 돌아보기도 힘들 정도로 지친 사람들, 자신이 하고자 하는 일에서 꿈을 놓지 않는 사람들, 소중한 사람들을 사랑하고 있는 사람에게 기댈 수 있는 친구이자 충실한 도구가 되어줄 것입니다. 힘든 시기를 보내고 있다면 포기하지 말자고 이야기하고 싶습니다. 이 말은 제 스스로에게 하는 말이기도 하거든요.

Tool 4

새로운 도구의 발견

지금까지 커피가 도구로써 활용되어온 역사와 사람의 행복을 위해 사용한다는 목적을 알았으니 커피라는 도구가 존재하고 있다는 사실에 눈을 뜰 차례입니다. 대한민국 국보 32호인 팔만대장경의 일화처럼 말입니다.

해인사 선방에서 수행하던 법정스님은 팔만대장경이 보관된 장경각에서 할머니 한 분이 내려오면서 팔만대장경이 어디 있냐고 묻더랍니다. 그래서 지금 내려오신 곳에 있다고 말하니 할머니가 이렇게 이야기했다고 합니다. "아, 그 빨래판 같은 거요?"

세계에서 가장 오래되고 내용이 우수해 세계기록유산에 지정된 국보였지만 그것을 알아보지 못하면 발걸음도 헛수고를 하게 됩니다. 불의 발견처럼 도구를 '발견'해야 하는 겁니다. 커피의 가치를 알아본 중세 유럽 국가들은 자신들의 영향력에 놓여 있는 나라마다 커피를 적극적으로 옮겨 심었습니다. 커피가 가져올 미래의 가능성을 알아봤기 때문입니다. 커피의 발견은 인류에게 놀랄 만큼 큰 것 또는 놀랄 만큼 작은 것을 알게 해준 망원경이나 현미경에 버금가는 의미를 지니고 있다고 하인리히 E. 야콥은 말했습니다. 커피는 사람들에게 평소 보지 못하고 알지 못하던 것을 조금씩 일깨워주는 존재였기 때문입니다. 서서히 눈치 채지 못하게 우리네 삶 속

으로 스며든 커피. 너무나 흔하고 접하기 쉬워 옆에 있는 것이 당연한 것처럼 느껴지는 커피. 없으면 생각나고 마시고 싶은 커피. 그것의 숨은 가치를 알아보는 순간 다양한 모습으로 활용될 수 있는 도구가 바로 커피입니다. 도구로써 커피가 활용될 때 누릴 수 있는 가치들은 시간, 생각, 시작, 여유, 휴식, 각성, 글쓰기, 독서, 음악, 여행, 즐거움, 공부, 연구실, 균형, 선물, 친구, 소통, 공감, 사랑 등이 있습니다. 평범하지만 행복을 만들어가는 삶의 소중한 가치들입니다. 단일 제품 하나로 다양하게 삶의 질을 높일 수 있는 존재는 찾아보기 힘듭니다. 찾기 쉽고 사용하고 활용하기가 용이하게 때문에 강력한 도구라고 말할 조건을 갖춘 것이지요. 문화적으로 스며든 커피를 활용해 나를 위한 작지만 의미 있는 행복들을 실생활에서 발견하는 것은 어떨까요?

글을 쓰기 위한 용도로 커피를 즐겨 마셨던 프랑스 최고의 지성 볼테르는 그의 대표작 《캉디드》를 펴냅니다. 치열하게 완성한 소설의 마지막 무렵엔 주인공 캉디드가 이렇게 말합니다. "우리의 정원은 우리가 가꾸어야 합니다."라고 말이죠. 자신 앞에 놓인 삶을 피하지 않고 꿋꿋하게 가꾸어가기로 마음먹으면서 말이지요. 멋진 정원을 만들기 위해 필요한 것은 알맞은 도구입니다. 커피는 인생이란 이름을 가진 나만의 정원을 키우고 가꾸는 데 활용해야 할 고급 도구가 될 것입니다.

어떤 정원을 꾸미고 싶으신가요? 여러분들이 꿈꾸는 정원은 어떤 모습인가요? 그 특별한 곳에서 나만의 꿈과 사랑을 심고 가꾸어 인생이란 멋진 집을 만들어가야겠습니다.

알아두면 유익한 좁고 얕은 커피상식

● 세계 3대 커피는 무엇인가요? ●

세계 3대 커피라 불리는 커피 원두는 예멘 모카, 하와이안 코나, 그리고 자메이카 블루마운틴입니다. 예멘 모카는 세계 최대 커피 무역항이던 모카에서 이름이 유래하였습니다. 예멘에서 커피가 최초로 재배되고 예멘의 모카 항구에서 유럽으로 전해지면서 모카 커피라 불리게 되었지요. 초콜릿의 맛과 향이 나기로 유명해서 커피의 귀부인이라는 칭호를 받고 있습니다. 모카란 초콜릿이란 의미도 가지고 있는데 '카페 모카' 하면 초콜릿이 들어간 달콤한 커피를 말하거든요.

하와이안 코나는 미국 하와이 제도 중에서 가장 큰 섬인 하와이 섬의 코나 지역에서 재배되는 커피를 말합니다. 태평양의 기후와 화산재 토양 그리고 천연 그늘막이 있는 축복받은 재배 환경 때문에 비교적 낮은 지대에서 경작이 되지만 고지대에서 나오는 것과 같은 고품질의 커피가 생산됩니다. 한국에서도 코나 커피를 전문적으로 다루는 커피 전문점들이 들어서고 있습니다.

자메이카 블루마운틴은 자메이카 동쪽 블루마운틴 지역에서 생산되는 커피로 커피의 황제라 불립니다. 해발 2000미터 이상의 고지대에서 생산이 되고 커피를 재배하기에 알맞은 카리브 해 특유의 이상적인 재배 조건을 갖추고 있습니다. 게다가 엄격한 품질관리로 유명한데요. 블루마운틴이란 칭호는 '법률로 지정된 블루마운틴 영역에서 재배되고 법률로 지정된 정제 공장에서 가공처린 된 커피'만이 얻을 수 있는 이름이라고 하니 황제라 불릴 만하겠네요. 세계 3대 커피라고 내 입맛에 맞을지는 모르는 일입니다. 세계 3대 커피보다 더 맛있는 커피는 바로 내 입맛에 맞는 커피라는 것을 잊지 마세요.

프랑스의 태양왕 루이 14세는 네덜란드의 암스테르담 시장으로부터 커피 묘목 한 그루를 선물로 받게 됩니다. 이 작은 묘목은 아주 귀한 나무인지라 바로 프랑스 파리 식물원으로 옮겨 심어지게 되지요. 나무 하나를 심는 것뿐인데 나무 이식 기념식까지 진행합니다. 이 어린 묘목 하나는 훗날 우여곡절 끝에 프랑스령 나라에서 커피가 생산되게 하고 멕시코와 중남미에서 자라는 커피나무들의 조상이 됩니다. 여기엔 숨은 공로자가 있었는데요. 바로 프랑스의 해군 장교 클리외입니다.

당시 프랑스는 파리에서 자라고 있는 커피 묘목을 다른 나라에 심으려고 하는 데 빈번하게 실패하고 있었거든요. 클리외는 카리브 해 서인도 제도에 있는 프랑스령 섬에 커피를 심기 위해 어렵사리 어린 커피 묘목 하나를 구합니다. 군함이 아닌 상선을 이용해 대서양을 횡단해 가는데요. 도중에 해적선을 만나 붙잡힐 뻔한 것을 겨우 탈출에 성공합니다. 해적선을 탈출하고 나니 배를 부서버릴 듯한 폭풍우를 만나게 됩니다. 간신히 폭풍을 이겨내고 나니 이번에는 평화로운 무풍지대에 꼼짝없이 한 달 동안이나 갇혀 있게 됩니다. 이런 시련 속에 또 하나의 시련이 기다리고 있었으니 식수가 바닥나고 있는 겁니다. 남은 여정 동안 생존을 위해 승객들에게 물 배급제가 시행됩니다. 이 와중에 클리외는 커피나무의 뿌리가 마를세라 자신이 먹어야 하는 물을 묘목 뿌리가 마르지 않도록 촉촉이 적셔줍니다. 말라 죽으면 안 되니까요. 그러고는 이렇게 말합니다. "여정이 한 달여 남은 상황에서 물이 부족했다. 배급 받은 물이 부족한 가운데 내 희망과 기쁨의 원천인 커피 묘목까지 돌봐야 했다. 가냘픈 나뭇가지가 성장을 멈춘 듯할 때에는 물을 더 많이 줬다."고 말이지요. 구사일생으로 섬에 도착한 클리외는 커피 묘목의 뿌리가 마를세라 바로 옮겨 심습니다. 클리외의 지극한 정성 때문인지 머나먼 이국땅에서 안정적으로 뿌리를 내린 어린 묘목은 건강한 커피나무로 성장해 오늘날 우리들에게 향긋한 커피 향을 전해주게 됩니다. 클리외가 목숨 걸고 지켜낸 어린 묘목처럼 당신에게 진정으로 소중한 것은 무엇인가요? 그것이 무엇이든 지켜나가고 가꾸어갈 주체는 바로 나 자신이 되겠지요. 불안정해지는 앞으로의 나날들에 무엇을 해야 할지 모를 만큼 거센 변화가 서서히 불어오는 것 같습니다. 이럴 때 일수록 소중한 것을 지키고 가꾸어가기 위해 깨어있는 몸과 마음으로 삶의 중심을 견고히 다져야 할 때가 아닌가 싶습니다. 비바람이 몰아칠수록 뿌리는 깊어야 하고 나뭇가지는 변화에 맞추어 흔들려야 하니까요. 스스로 깨어나 중심을 잡아가는 일이 앞으로 더욱 중요해질 것 같습니다. 그렇기에 커피 한잔의 여유에 주목을 했는지도 모릅니다. 책을 읽고 스스로 생각할 시간을 갖는 힘, 뒤를 돌아보면서 앞을 그려낼 수 있는 힘, 지친 몸에 휴식을 주는 힘, 바쁜 와중에도 주변의 아름다움을 느껴볼 여유를 갖는 힘, 기분 좋은 음악과 함께 글을 써보는 힘, 사람의 소중함을 깨닫고 공감하고 사랑할 수 있는 힘, 더 좋은 세상을 위해 공부하는 힘, 여행을 떠나 새로운 시각을 가져보는 힘, 삶의 균형을 통해 스스로 빛을 내는 힘, 시간의 유한함을 알고 유용한 도구를 활용해 행복을 만들어가는 힘 등을 통해서 말이지요.

제가 여기까지 오는 데 감사한 분들이 계시기에 이 지면을 빌리고 싶습니다. 사업에는 실패하셨지만 다시금 자리를 잡아가는 부모님의 모습은 그저 감탄스럽습니다. 여러 가지 일들을 도전해볼 수 있었던 것은 무슨 일을 하든지 묵묵히 자녀를 응원하는 양육 철학 때문이었다는 것을 뒤늦게 알았습니다. 넘어질 때 다시 일어서면 된다는 것을 말이 아닌 삶으로 보여주셔서 감사합니다.

제 원고의 가치를 알아봐주시고 응원해주신 미래북 임종관 대표님께도 감사의 말씀을 드리고 싶습니다. 힘든 시기를 보내고 있을 때 항상 곁에서 자리를 지켜준 연인 혜진이에게 사랑한다고 이 지면을 빌려 말하고 싶습니다. 말은 기억에서 금방 사라질 수 있지만 글은 오래 가니까요. 그녀는 제가 쓴 원고의 첫 독자였고 앞으로도 제가 쓸 모든 원고의 첫 독자가 될 것입니다.

클리외가 여러가지 힘든 상황을 겪으면서도 깨어있는 마음으로 소중한 것을 지켜왔듯이 우리들의 삶도 매일매일 깨어있기를 바라며, 조금이라도 이 책이 도움이 되었다면 긴 시간 고생한 보람이 있을 것 같습니다. 저는 커피처럼 선한 영향력으로 삶을 일깨울 수 있는 일상의 행복을 찾아 다시 떠나려고 합니다. 제가 좋아하는 라이너 마리아 릴케의 말을 끝으로 이 책을 덮어볼까 합니다. 긴 글 끝까지 인내심을 갖고 읽어주셔서 진심으로 감사합니다.

우리는 현재 좀 더 아름다운 것을 바라고 좀 더 보람 있는 것을 바란다. 그렇게 살아가자. 맑고 고운 꿈 하나 가슴에 심어 두고.

SUB CHAPTER

참고 도서 목록

EBS 지식프라임 제작팀 지음, 〈지식프라임〉, 밀리언하우스, 2009

SBS스페셜 〈리더의 조건〉 제작팀 지음, 〈리더의 조건〉, 북하우스, 2013

강석기 지음, 〈어떻게 늑대는 개가 되었나〉, MID, 2014

강원국 지음, 〈대통령의 글쓰기〉, 메디치미디어, 2014

강준만·오두진 지음, 〈고종 스타벅스에 가다〉, 인물과사상사, 2005

게르하르트 J. 레켈 지음, 김라합 옮김, 〈커피 향기〉, 노블마인, 2011

게리 채프먼 지음, 장동숙·황을호 옮김, 〈사랑의 언어〉, 생명의말씀사, 2010

고산 지음, 〈파스칼 365일 팡세〉, 동서문화사, 2005

고지연 지음, 〈스웨덴 라이프〉, 북로그컴퍼니, 2014

김경준 지음, 〈통찰로 경영하라〉, 원앤원북스, 2014

김난도·전미영·이향은·이준영·김서영·최지혜 지음, 〈트렌드코리아 2015〉, 미래의창, 2014

김영세 지음, 〈트렌드를 창조하는 자 이노베이터〉, 랜덤하우스, 2005

김영옥·장준수 지음, 〈여행하면 성공한다〉, 라이프콤파스, 2011

김용옥 지음, 〈중용 인간의 맛〉, 통나무, 2011

김용옥 지음, 〈중용한글역주〉, 통나무, 2011

김정운 지음, 〈노는 만큼 성공한다〉, 21세기북스, 2005

나탈리 제먼 데이비스 지음, 김복미 옮김, 〈선물의 역사〉, 서해문집, 2004

다니엘 핑크 지음, 김명철 옮김, 〈새로운 미래가 온다〉, 한국경제신문, 2006

다비드 르 브르통 지음, 김화영 옮김, 〈걷기예찬〉, 현대문학, 2002

다비드 르 브르통 지음, 문신원 옮김, 〈느리게 걷는 즐거움〉, 북라이프, 2014

다치바나 다카시 지음, 이언숙 옮김, 〈나는 이런 책을 읽어왔다〉, 청어람미디어, 2001

레프 똘스또이 지음, 채수동·고산 옮김, 〈인생이란 무엇인가〉, 동서문화사, 2004

로먼 크르즈나릭 지음, 김병화 옮김, 〈공감하는 능력〉, 더퀘스트, 2014

로제마리 마이어 델 올리보 지음, 박여명 옮김, 〈나를 일깨우는 글쓰기〉, 시아출판사, 2010

루이스 캐럴 지음, 김경미 옮김, 〈이상한 나라의 앨리스〉, 비룡소, 2005

리즈 호가드 지음, 이경아 옮김, 〈영국 BBC 다큐멘터리 행복〉, 예담, 2006

리처드 바크 지음, 송은실 옮김, 〈갈매기의 꿈〉, 소담출판사, 1996

리처드 탈러·캐스 선스타인 지음, 안진환 옮김, 〈넛지〉, 리더스북, 2009

마크 샤피로 지음, 서민아 옮김, 〈조앤 K. 롤링: 세상을 바꾼 해리포터 상상력〉, 문학수첩, 2012

마크 팬더그라스트 지음, 정미나 옮김, 〈매혹과 잔혹의 커피사〉, 을유문화사, 2013

마틴 베레가드·조던 밀른 지음, 김인수 옮김, 〈스마트한 성공들〉, 걷는나무, 2014

말로 모건 지음, 류시화 옮김, 〈무탄트 메시지〉, 정신세계사, 2003

매기 잭슨 지음, 왕수민 옮김, 〈집중력의 탄생〉, 다산초당, 2010

매튜 애들랜드 지음, 이유경 옮김, 〈휴식 내 몸이 새로 태어나는 시간〉, 라이프맵, 2011

머리 카펜더 지음, 김정은 옮김, 〈카페인 권하는 사회〉, 중앙북스, 2015

멜로디 비에티 지음, 도솔 옮김, 〈사랑하라, 그리고 하고 싶은 일을 하라〉, 꿈꾸는돌, 2003

무사 앗사리드 지음, 신선영 옮김, 〈사막별 여행자〉, 문학의숲, 2007

미하엘 엔데 지음, 한미희 옮김, 〈모모〉, 비룡소, 1999

미하이 칙센트미하이 지음, 이희재 옮김, 〈어른이 된다는 것은〉, 해냄출판사, 2003

미하이 칙센트미하이, 최인수 옮김, 〈몰입, 미치도록 행복한 나를 만난다〉, 한울림, 2004

바바라 애버크롬비 지음, 박아람 옮김, 〈인생을 글로 치유하는 법〉, 책읽는수요일, 2013

박문일 지음, 〈태교는 과학이다〉, 프리미엄북스, 2009

박상하 지음, 〈이기는 정주영 지지 않는 이병철〉, 경영자료사, 2014

박선민 지음, 〈현대경영학의 창시자 피터 드러커〉, 자음과모음, 2012

박완서 지음, 〈호미〉, 열림원, 2007

박현주 지음, 〈돈은 아름다운 꽃이다〉, 김영사, 2007

버트런드 러셀 지음, 이순희 옮김, 〈행복의 정복〉, 사회평론, 2005

법정 지음, 〈일기일회〉, 문학의숲, 2009

볼테르 지음, 이병애 옮김, 〈미크로메가스 캉디드 혹은 낙관주의〉, 문학동네, 2010

빈센트 반 고흐 지음, 신성림 옮기고 엮음, 〈반 고흐, 영혼의 편지〉, 예담, 2005

사라 노게이트 지음, 장근영·이양원 옮김, 〈시간의 심리학〉, 갤리온, 2009

생텍쥐페리 지음, 정신숙 옮김, 〈어린왕자〉, 삼성출판사, 2001

서영처 지음, 〈지금은 클래식을 들을 시간〉, 이랑, 2012

서은국 지음, 〈행복의 기원〉, 21세기북스, 2014

서정록 지음, 〈잃어버린 지혜, 듣기〉, 샘터, 2007

소린 밸브스 지음, 윤서인 옮김, 〈공간의 위로〉, 문예출판사, 2014

손재권 지음, 〈파괴자들〉, 한스미디어, 2013

숀 아처 지음, 박세연 옮김, 〈행복의 특권〉, 청림출판, 2012

수잔 와이즈 바우어 지음, 이옥진 옮김, 〈독서의 즐거움〉, 민음사, 2010

슈테판 클라인 지음, 유영미 옮김, 〈시간의 놀라운 발견〉, 웅진지식하우스, 2007

스콧 F. 파커·마이클 W. 오스틴 외 지음, 김병순 옮김, 〈커피 만인을 위한 철학〉, 따비, 2015

스티브 레빈 지음, 송승하 옮김, 〈전략적 책 읽기〉, 밀리언하우스, 2007

스티브 워즈니악·지나 스미스 지음, 장석훈 옮김, 〈스티브 워즈니악〉, 청림출판, 2008

스티븐 코비 지음, 김경섭 옮김, 〈성공하는 가족들의 7가지 습관〉, 김영사, 1998

스티븐 코비 지음, 김경섭 옮김, 〈성공하는 사람들의 7가지 습관〉, 김영사, 2003

시오노 나나미 지음, 김석희 옮김, 〈로마인 이야기. 1: 로마는 하루아침에 이루어지지 않았다〉 길사, 1995

신병철 지음, 〈더 좋은 해답은 반드시 있다〉, 21세기북스, 2015

쓰지 신이치 지음, 장석진 옮김, 〈행복의 경제학〉, 서해문집, 2009

알랭 드 보통 지음, 정영목 옮김, 〈여행의 기술〉, 청미래, 2011

앙토냉 질베르 세르티양주 지음, 이재만 옮김, 〈공부하는 삶〉, 유유, 2013

앤드류 라제기 지음, 이선혜삭·정길 옮김, 〈리들〉, 명진출판, 2008

양광모 지음, 〈한 번은 시처럼 살아야 한다〉, 이룸나무, 2013

에드윈 헤스코트 지음, 박근재 옮김, 〈집을 철학하다〉, 2015

에모토 마사루 지음, 홍성민 옮김, 〈물은 답을 알고 있다 vol. 2〉, 더난출판, 2008

에모토 마사루 지음, 홍성민 옮김, 〈물은 답을 알고 있다〉, 더난출판, 2008

에블린 비손 죄프루아 지음, 허봉금 옮김, 〈하루에 적어도 네 개의 즐거움〉, 초록나무, 2011

오리 브래프먼·주다 폴락 지음, 이건 옮김, 〈최고의 조직은 어떻게 혼란을 기회로 바꿀까〉, 부키, 2015

오연호 지음, 〈우리도 행복할 수 있을까〉, 오마이북, 2014

오츠 슈이치 지음, 황소연 옮김, 〈죽을 때 후회하는 스물다섯 가지〉, 21세기북스, 2009

오카 기타로 지음, 이윤숙 옮김, 〈커피 한 잔의 힘〉, 시금치, 2009

요한 볼프강 폰 괴테 지음, 가나모리 시게나리·나가오 다케시 엮음, 박재헌 옮김, 〈괴테의 말〉, 호미디어, 2012

윌엄 A. 코헨 지음, 권영설·이방실·김경준 옮김, 〈PETER DREUCKER 리더스윈도우〉, 쿠폰북, 2010

윌리엄 H. 우커스 지음, 박보경 옮김, 〈올어바웃커피〉, 세상의아침, 2012

유병률 지음, 〈딜리셔스 샌드위치〉, 웅진윙스, 2008

윤석철 지음, 〈삶의 정도〉, 위즈덤하우스, 2011

윤선현 지음, 〈관계 정리가 힘이다〉, 위즈덤하우스, 2014

윤태호 지음, 〈미생〉 5권 요석, 위즈덤하우스, 2013

이루마 지음, 〈이루마의 작은 방〉, 명진출판사, 2005

이병하·박세정·조현국 지음, 〈스마트 오피스〉, 민음인, 2013

이시즈카 신이치 지음, 설은미 옮김, 〈산. 5〉, 학산문화사, 2008

이시형 지음, 〈공부하는 독종이 살아남는다〉, 중앙북스, 2009

이영도, 박애진, 김보영, 김선우, 김이환, 정보라, 정지원, 정희자, 임태운, 은림 지음, 〈커피 잔을 들고 재채기〉, 황금가지, 2009

이영돈 지음, 〈마음〉, 예담, 2006

이재호·김원중 편저, 〈서양문화지식사전〉, 현암사, 2009

이철우 지음, 〈관계의 심리학〉, 경향미디어, 2008

이희석 지음, 〈나는 읽는 대로 만들어진다〉, 고즈윈, 2008

일본 뉴턴프레스 지음, 〈Newton HIGHLIGHT 초신성과 블랙홀〉, 뉴턴코리아, 2011년 3월 15일

자일스 브랜드리스 지음, 강수희 옮김, 〈인생은 불친절하지만 나는 행복하겠다〉, 추수밭, 2014

자크 아탈리 지음, 이효숙 옮김, 〈호모노마드〉, 웅진닷컴, 2005

장향숙 지음, 〈깊은 긍정〉, 지식의 숲, 2006

재레드 다이아몬드 지음, 김진준 옮김, 〈총, 균, 쇠〉, 문학사상사, 2014

제러미 리프킨 지음, 이경남 옮김, 〈공감의 시대〉, 민음사, 2010

제러미 리프킨 지음, 이원기 옮김, 〈유러피언 드림〉, 민음사, 2005

제브데트 클르츠 지음, 이난아 옮김, 〈선물은 누구의 것이 될까〉, 푸른숲주니어, 2011

조정래 지음, 〈조정래의 시선〉, 해냄, 2014

조지 베일런트 지음, 이시형 감수, 이덕남 옮김, 〈행복의 조건〉, 프런티어, 2010

존 스튜어트 밀 지음, 서병훈 옮김, 〈자유론〉, 책세상, 2006

찰스 두히그 지음, 강주헌 옮김, 〈습관의 힘〉, 2012

최용일 편저, 〈한 줄의 통찰〉, 21세기북스, 2010

최윤식, 김건주 지음, 〈2030 기회의 대이동〉, 김영사, 2014

칩 히스·댄 히스 지음, 안진환 옮김, 〈스위치〉, 웅진지식하우스, 2010

크리스토프 르퀘뷔르 지음, 강주헌 옮김, 〈카페를 사랑한 그들〉, 효형출판, 2008

크리스토프 리페뷔르 지음, 강주헌 옮김, 〈카페의 역사〉, 효형출판, 2002

토드 부크홀츠 지음, 장석훈 옮김, 〈러쉬〉 청림출판, 2012

톰 래스·짐 하터 지음, 유영만 옮김, 〈무엇이 우리를 행복하게 하는가〉, 위너스북, 2014

프란스 요한슨 지음, 김종석 옮김, 〈메디치 효과〉, 세종서적, 2005

프랑수와 를로르 지음, 오유란 옮김, 〈꾸뻬씨의 행복여행〉, 오래된미래, 2004

피터 드러커 지음, 이재규 옮김, 〈변화 리더의 조건〉, 청림출판, 2001

피터 드러커 지음, 이재규 옮김, 〈이노베이터의 조건〉, 청림출판, 2001

피터 드러커 지음, 이재규 옮김, 〈피터드러커의 자기경영노트〉, 한국경제신문, 2009

피터 톰킨스·크리스토퍼 버드 지음, 황금용·황정민 옮김, 〈식물의 정신세계〉, 정신세계사, 1993

필립파 페리 지음, 정미나 옮김, 〈인생학교: 정신〉, 쌤앤파커스, 2013

하네다 오사무 지음, 이용택 옮김, 〈지갑, 방, 책상〉, 아템포, 2014

하워드 슐츠·도리 존스 양 지음, 홍순명 옮김, 〈스타벅스, 커피 한 잔에 담긴 성공신화〉, 김영사, 1999

한비야 지음, 〈1그램의 용기〉, 푸른숲, 2015

헤밍웨이 지음, 홍미숙 옮김, 〈노인과 바다〉, 덕우출판사, 1994

헨리 데이비드 소로 지음, 강주헌 옮김, 〈주석달린 월든〉, 현대문학, 2011

헨리 데이빗 소로우 지음, 류시화 옮김, 〈구도자에게 보낸 편지〉, 오래된 미래, 2005

헬렌 니어링 지음, 이석태 옮김, 〈아름다운 삶, 사랑 그리고 마무리〉, 보리, 1997

스티븐 D. 워드 지음, 김경영 옮김, 〈커피이스트 매니페스토〉, 초록물고기, 2015

마크 팬더그라스트 지음, 정미나 옮김, 〈매혹과 잔혹의 커피사〉, 을유문화사, 2013

하보숙, 조미라 지음, 〈커피의 거의 모든 것〉, 열린세상, 2010

아네트 몰배르 지음, 최가영 옮김, 〈커피중독〉, 시그마북스, 2015

안재혁, 유연주 지음, 〈커피수업〉, 라이스메이커, 2013

이시와키 도모히로 지음, 김민영 옮김, 〈커피는 과학이다〉, 섬앤섬, 2012

최낙언 지음, 〈과학으로 풀어본 커피향의 비밀〉, 서울꼬뮨, 2014

하인리히 E. 야콥 지음, 박은영 옮김, 〈커피의 역사〉, 우물이있는집, 2005

안나카 치에 지음, 이지현 옮김, 〈하루 커피 3잔〉, for book, 2014

강신주 지음, 〈철학VS철학〉, 그린비, 2014

플로리안 일리스 지음, 한경희 옮김, 〈1913년 세기의 여름〉, 문학동네, 2013

알랭 비르콩들레 지음, 이희정 옮김, 〈생텍쥐페리의 전설적인 사랑〉, 이미지박스, 2006

장 폴 사르트르 지음, 운정임 옮김, 〈시대의 초상〉, 생각의나무, 2009

한국비지니스정보 지음, 〈2016 업계지도〉, 어바웃북, 2015

※ 참고문헌 목록과 더불어 여러 자료는 각 기관에서 발표한 보도 자료와 신문기사를 참고하였고 인물과 사건에 대해서는 위키백과, 네이버 백과사전, 다음 백과사전 등을 참조했습니다.